DU MÊME AUTEUR

Aux Éditions Gallimard

DANS LES VEINES CE FLEUVE D'ARGENT

L'Arpenteur

Collection créée
par Gérard Bourgadier

dirigée
par Ludovic Escande

Dario Franceschini

AILLEURS

roman

TRADUIT DE L'ITALIEN
PAR CHANTAL MOIROUD

GALLIMARD | L'ARPENTEUR

Domaine italien dirigé par
Jean-Baptiste Para

Titre original :

DACCAPO

À Caterina et Maria Elena
Qui rêvent

Tu continueras à te laisser choisir
Ou enfin tu choisiras

FABRIZIO DE ANDRÉ
Verranno a chiederti del nostro amore

Depuis des années son corps avait envie de tomber malade et profitait du moindre malaise pour se laisser glisser dans un épuisement sans remède.

Pendant une longue partie de sa vie le notaire Ippolito Dalla Libera l'avait combattu, en essayant de réagir, puis il s'était rendu. Par lassitude, ou, peut-être, parce qu'il avait fini par comprendre ses raisons.

Depuis lors il passait ses journées sur le grand lit au centre de la chambre conjugale, respirant un air tellement lourd et vicié qu'il ne laissait même plus entrer le moindre souffle par les fenêtres que la domestique ouvrait grand tous les matins.

Il restait immobile, dans sa longue robe de chambre blanche, adossé à deux oreillers pour se redresser un peu et garder les yeux fixés sur les fresques du plafond. Il en connaissait le moindre détail et se perdait dans le calcul du nombre des angelots, des nuages irréguliers derrière le volcan, des fleurs blanches et poussiéreuses.

De son lit il avait gardé le contrôle de son étude, à l'étage en dessous. Il recevait ses clients, dictait des lettres au secrétariat, corrigeait les actes, donnait des instructions précises à son fils pour les actes notariés et les successions et attendait avec appréhension qu'il revienne lui faire part de leur issue.

Beaucoup au village considéraient sa maladie comme une invention géniale pour accroître une autorité déjà incontestée. En effet, quiconque entrait dans le parc de la villa, sous la digue, parcourant la longue allée, puis montant le large escalier avant de traverser enfin la chambre dans la pénombre, trouvait interminable l'espace qui séparait la porte du grand lit. Alors on foulait avec précaution les tapis persans qui couvraient les lattes grinçantes du parquet, puis on s'asseyait sur la chaise basse devant la table de nuit et l'on attendait que, d'un signe de salut, le notaire vous autorise à parler.

Quand venaient le maire, le prélat ou les directeurs des bureaux périphériques de l'État pour lui demander des idées et des conseils, il se faisait apporter un troisième oreiller pour être presque assis, en signe de déférence institutionnelle.

Avant de se lever, les hôtes tournaient leur regard vers le portrait de l'épouse, Eleanora, une femme aimée de tous, disparue après de longues et injustes souffrances. Tout le monde connaissait le lien de fidélité qui les avait unis. Après la naissance de Iacopo, la famille était devenue un modèle de vertu pour tout le village : quand ils se promenaient sur la place le dimanche matin, après la messe, ils fendaient une étendue de chapeaux levés, en signe de respect et d'admiration.

Il avait bien mérité cette estime générale, héritée de

son père, Innocenzo Dalla Libera, premier notaire de cette circonscription agricole ; il l'avait même accrue par des décennies d'exercice du métier et par une vie exemplaire : la famille, l'éducation de son fils, le cercle, le conseil d'administration de la banque du Piccolo Credito en ville, les œuvres de bienfaisance, son veuvage porté avec discrétion.

Mais ce matin-là, en regardant la lumière qui entrait par les fenêtres, il lui sembla que tout était sur le point de finir.

Il ressentit une violente douleur dans le dos, dans les poumons peut-être, et il lui sembla que, pour une fois, au lieu de s'en réjouir, son corps lui-même en était comme épouvanté.

Il essaya de tousser, et se sentit plus mal.

Il gagna la salle de bain, urina, se lava le visage et les dents, puis il se regarda longuement dans le miroir.

« Le moment est venu de parler, Ippolito », se dit-il à voix basse.

Il revint au lit, se coucha et agita énergiquement la clochette qu'il gardait sur sa table de nuit.

Quelques secondes plus tard, la servante entra dans la chambre.

« Corinna, savez-vous si Iacopo est sorti ?

— Pas encore, monsieur le Notaire, il est dans la salle de bain.

— Alors ayez la gentillesse de lui dire de passer me voir avant d'aller en ville. »

Il regarda autour de lui. Il avait beaucoup construit

dans sa vie, songea-t-il. Il savait tout du moindre objet qui l'entourait, sur les meubles ou en dessous, dans son bureau. Il se souvenait où il l'avait acheté, avec l'argent de quel dossier il l'avait payé ou qui le lui avait offert.

Il entendit les pas dans l'escalier et vit son fils entrer dans la chambre, obéissant et respectueux comme toujours.

Il portait le costume trois pièces gris foncé qu'il lui faisait mettre les jours de signature au Piccolo Credito. Il vérifia que la chaîne de sa montre gousset dépassait à peine de la petite poche de son gilet, comme il le lui avait appris, affirmation d'élégance et d'autorité, mais sans ostentation.

Au fond, il était fier de lui. Il était venu au monde sur le tard, après bien des tentatives, et Ippolito avait craint de ne plus avoir l'énergie nécessaire pour l'éduquer. Mais Iacopo avait embrassé la même profession et épousé la femme qu'il avait soigneusement choisie pour lui. Certes, elle était un peu plus âgée que son fils, mais c'était celle qu'il lui fallait pour remplacer sa mère, disparue quand il était adolescent.

« Me voici, papa. Tout va bien ?

— Je ne sais pas, Iacopo, répondit-il. Cette fois, il me semble être arrivé vraiment à la fin. Il me reste peu de temps et tu dois m'aider à ne pas le gaspiller. »

Il sortit une clé de la poche de sa robe de chambre, la tendit à son fils et lui désigna le bureau, près de la porte :

« Ouvre le tiroir de droite. Dedans, il y a mon testament et d'autres papiers, que tu liras plus tard, mais si tu le tires complètement, tu trouveras dessous un cahier avec une couverture noire. »

Il le regarda traverser la chambre, puis s'escrimer, penché sur le bureau, et enfin revenir vers le lit, l'air préoccupé.

Il était encore très jeune, songea-t-il.

« Assieds-toi », dit-il en lui prenant le cahier des mains.

Il l'ouvrit délicatement, comme pour éviter de faire tomber les fleurs séchées conservées pendant des années entre ses pages et, après un long silence, il murmura :

« … Tu n'es pas mon seul enfant. »

Sans lever les yeux, il déglutit, puis il continua :

« Dans ce cahier, tu trouveras écrits cinquante-deux prénoms. Ce sont ceux de tes frères et de tes sœurs.

— … Qu'est-ce que cela veut dire ? demanda Iacopo en fronçant les sourcils.

— Tu vois, mon enfant, tout ne se voit pas. Beaucoup de choses sont cachées, et pourtant elles existent. Je pense avoir été un bon notaire, un bon mari et, j'espère que c'est aussi ton avis, un bon père. Mais dans ma vie, il y a eu une autre part, très belle également, crois-moi.

— Je ne comprends pas », dit Iacopo Dalla Libera, abasourdi par ces mots absurdes dénués de sens et qu'il ne voulait pas entendre.

Son père feuilleta rapidement le cahier, laissant entrevoir des notes et des chiffres écrits avec sa petite calligraphie.

« Sur chaque page, tu trouveras un prénom, une date, une adresse, certainement fausse désormais, et le prénom d'une femme. »

Il regarda son fils dans les yeux.

« Cinquante-deux mères différentes. »

Il toussa.

« Cinquante-deux putains, Iacopo. Des femmes libres et merveilleuses. Elles avaient besoin d'argent pour vivre et j'avais besoin d'elles pour donner la vie. »

Il ferma le cahier et resta à regarder la couverture noire avec le petit rectangle blanc au centre.

« Je t'en prie, trouve-les et amène-les-moi ici. Ce sont tous mes enfants. »

Iacopo Dalla Libera passa une journée terrible, errant entre cauchemars éveillés et présages tragiquement sombres.

Cela ne pouvait pas être vrai, continuait-il à se dire, assis dans la petite salle de réunion de la banque, tandis que les employés préparaient, comme d'habitude, les documents avec l'état civil des clients.

Avant de partir pour la ville il avait dit à la secrétaire de reporter tous ses rendez-vous d'une semaine au moins, en raison d'« affaires familiales » urgentes qu'il ne pouvait pas remettre.

Tandis qu'il lisait à voix haute devant ses clients l'acte de vente, il se sentait la tête vide et, autour de lui, tout semblait tourner. Que pourrait-il dire à son épouse le soir ? Et à ses confrères, au curé, au président de la chambre des notaires, au directeur qui continuait à le regarder inquiet et soupçonneux ?

Tout allait s'écrouler, c'est tout.

Mais comment était-il possible que toutes ces années se soient écoulées sans que personne ne se soit aperçu que son père menait une double vie ? Pas même sa mère. Ou lui, bon sang ! Même en ville, tout le monde le connaissait. Comment avait-il pu fréquenter toutes ces femmes de mauvaise vie sans être vu, sans que personne, au cercle ou au tribunal, ne glisse dans la bonne oreille le mot qui aurait discrédité le notaire Dalla Libera ?

Peut-être aurait-il dû lui poser davantage de questions, lui demander comment il avait fait, comment il avait pu mettre ainsi en danger sa réputation et son mariage.

« J'avais besoin d'elles pour donner la vie »... mais quel genre de discours était-ce ? De la pure folie. S'il avait gardé le silence pendant un demi-siècle, pourquoi devait-il tout révéler juste maintenant ?

Pour quelle raison ? Il ne pouvait pas se taire ? Ou au moins, ne pas le mêler à tout ça. Il avait un rôle à défendre et une famille, lui aussi, bon sang.

« Dites-moi, maître, comment va votre père ? »

La voix du directeur de la banque interrompit ses pensées, lui glaçant le sang. Il leva les yeux et croisa un sourire ambigu, moqueur peut-être.

« Mon Dieu, pensa-t-il, il sait quelque chose ! »

Il toussota pour gagner du temps et se ressaisir.

Non, ce n'était pas possible. C'est son état d'esprit qui lui faisait voir des choses inexistantes. Il était bouleversé, il devait se reprendre, le sourire du directeur était seulement de circonstance, comme la question.

« Comment voulez-vous qu'il aille ? Ses malaises habituels, mais il est fort comme un chêne. Ce soir je le saluerai de votre part », répondit-il, suscitant en retour une légère inclinaison de remerciement.

Je ne le saluerai certainement pas, songea-t-il. Ce traître sans foi. Cinquante-deux enfants, c'est fou. Avec lesquels il faudra peut-être partager l'héritage.

Ô, dieux du ciel ! L'héritage ! S'il voulait les retrouver c'était, sans aucun doute, parce qu'il envisageait de les reconnaître légalement, et tous ces malheureux se jetteraient aussitôt sur le patrimoine. Depuis des années, aussitôt après la mort de sa mère, son père avait fait un testament qui le désignait comme seul héritier, mais il connaissait bien le code civil et, malheureusement, il n'y avait pas d'ambiguïté. Un tiers de l'héritage irait de toute façon aux autres.

Belle satisfaction que de partager ce tiers en cinquante-deux parts ! Il ne resterait presque rien, mais pour tous ces malheureux cela semblerait de toute façon un cadeau tombé du ciel. Peut-être, à bien y réfléchir, pourrait-il se défendre en exerçant la faculté que laisse le dernier alinéa de l'article 541 aux enfants légitimes : payer selon leur juste estimation la portion qui revenait aux enfants naturels.

Oui, c'était une bonne idée. Elle lui coûterait cher, mais au moins il n'aurait pas de copropriété avec cette racaille.

Mais maintenant, il devait se concentrer sur le contrat et arrêter de penser à tout cela. Une fois revenu dans son bureau, il pourrait reprendre avec calme.

« Voilà, dit-il aux clients d'une voix assurée, tout est prêt pour les signatures et l'échange des chèques. »

Pendant le court voyage de retour vers le village, il tendit plusieurs fois la main vers le cartable posé sur le siège à côté de lui.

Il avait envie de s'arrêter sur la route, pour sortir le cahier et commencer à lire sans attendre. C'était peut-être une simple mise en scène inventée par son père, pour le mettre à l'épreuve et vérifier son honnêteté. En effet, il aurait pu mentir facilement, dire qu'il avait cherché en vain, à des adresses inexistantes, et alors son père lui aurait révélé la ruse, le piège.

Non, cette idée ne tenait pas debout. Et puis les yeux de son père avaient parlé clair, plus que sa bouche.

Arrivé à l'étude, il traversa l'entrée en hâte, presque en courant. Il ne voulait pas avoir sa secrétaire dans les pieds, aussi, en passant devant elle, lui dit-il de ne pas le déranger – il devait étudier des dossiers – et de partir sans se soucier de l'en informer.

Il s'assit à son bureau et regarda la porte en face, qui le séparait du grand bureau de son père, vide depuis des années mais qu'il ne pourrait occuper qu'après sa mort. Il leva les yeux vers le plafond et il lui sembla le voir, juste là, au-dessus de sa tête, couché comme toujours dans le grand lit.

Qui était-il vraiment ? Comment avait-il pu lui cacher une vérité pareille pendant toutes ces années ? Et pourquoi la révéler maintenant, pourquoi utiliser la peur de la mort pour le pousser à faire une chose aussi absurde, comme rechercher des personnes inconnues, peu recommandables certainement, sans doute criminelles et hors la loi, peut-être même violentes et auxquelles il devrait se présenter et dire : « Bonjour, je suis votre frère » ?

Absurde. Et pourtant il ne pouvait pas s'y soustraire parce qu'il avait compris, à son regard, que pour la première fois son père avait besoin de lui.

Il sortit le cahier de son sac, le posa sur son cartable de cuir sombre et l'ouvrit. Chaque page portait le prénom et le nom d'une femme, accompagnés parfois d'une petite croix, signe sans doute que celles-ci étaient mortes. Sur toutes, un trait vertical, comme ceux des arbres généalogiques qu'il avait vu son père dessiner mille fois, reliait le prénom de la mère à celui du fils ou de la fille, suivi de la date de naissance. Puis des adresses, certaines effacées à plusieurs reprises et remplacées par une nouvelle, le numéro d'une boîte postale et, plus bas encore, une somme mensuelle qui était évidemment versée régulièrement à ce qu'il comprit, de la naissance à la majorité, voire plus tard, jusqu'au mariage ou à une embauche quelque part. Aucune photographie, mais sur certaines pages, l'esquisse d'un visage féminin, sans doute dessiné de mémoire.

Un doute le saisit.

Il feuilleta les pages à rebours et, en comparant les adresses, s'aperçut qu'elles étaient toutes à Ferrare.

Voilà comment avait fait son père pour ne pas se faire prendre pendant toutes ces années : il allait de l'autre côté du Pô, dans une autre province, où bien sûr personne ne pouvait le reconnaître.

Quelle tristesse, pensa-t-il en portant ses mains à son front. Et maintenant, il devait aller dans tous ces lieux de mauvaise vie, chercher de vieilles putains, l'ignoble cahier bien en vue, comme son père le lui avait plusieurs fois recommandé.

Il était tard et il décida de rentrer directement chez lui. Il n'avait pas envie de monter saluer son père, ni d'écouter d'autres explications. Il lui avait déjà tout dit et c'était mieux comme ça au fond. D'ailleurs comment aurait-il pu justifier une telle situation ? Par de belles phrases ? Des excuses, ou peut-être en pleurant ? Pleurer ne servait à rien : tout le monde saurait au village et ils seraient la risée de tous, contraints de vivre derrière leurs volets clos. Heureusement, lui au moins n'avait pas eu d'enfants, la honte s'arrêterait avec lui, sans être transmise de génération en génération.

Maintenant, il allait devoir affronter sa femme.

Il l'imaginait déjà, assise dans son fauteuil, agitant nerveusement son crochet parce que le dîner refroidissait. Elle s'irritait dès qu'il avait le moindre retard, et ses explications sur son travail, les erreurs d'écriture dans les actes, les disputes qui éclataient à l'instant de signer entre les différentes parties, étaient inutiles.

D'ailleurs, que pouvait-elle y comprendre ? Elle passait toute la journée enfermée à la maison, occupée par le ménage le matin, et l'après-midi à bavarder au salon avec Irene et ses autres amies devant un thé. Rien que des ragots, songeait-il, en entendant depuis son bureau privé, le dimanche après-midi, leurs histoires de commères.

C'était vraiment dangereux de raconter cette histoire à sa femme. Elle penserait, à juste titre, à leur réputation et, en plus, elle se sentirait mal rien qu'à imaginer les regards pleins de sous-entendus de ses amies. Mieux valait se taire. D'ailleurs, rien ne pressait. Il pouvait commencer les recherches sans rien lui dire, et quand il serait certain des éléments réunis, il l'affronterait avec la détermination nécessaire.

Il ouvrit la porte.

« Bonsoir ma chérie.

— Pourquoi ce retard ?

— Un acte compliqué, avec de nombreux héritiers.

— Nous allons manger froid, une fois encore.

— Je suis désolé. »

Iacopo alla se laver les mains. Il se regarda dans le miroir : il avait des cernes profonds et besoin d'un shampoing. Il essaya de se coiffer et se sentit très fragile. Tandis qu'il répétait ce geste quotidien, le monde s'écroulait sur lui.

Sa femme était déjà assise à table, dans la pénombre. Il songea qu'il était inutile de lui proposer d'allumer le lustre, elle lui répondrait que trop de lumière la dérangeait, qu'on y voyait très bien comme ça.

Ils commencèrent à manger en silence, assis comme toujours à chaque extrémité de la longue table. On n'entendait que le bruit de la domestique qui déplaçait des plats et des casseroles dans la cuisine.

« Comment va ton père ? lui demanda-t-elle un peu plus tard.

— Ce matin, bien. »

Elle s'arrêta, sa fourchette en l'air, et leva les yeux de son assiette :

« Qu'entends-tu par : "ce matin" ?

— Ce soir je n'ai pas pu passer dans sa chambre. Il était tard et je ne voulais pas te faire attendre davantage. »

Il sentit un souffle froid arriver sur son visage :

« Tu es devenu fou. Tu sais ce qu'il doit penser ? Qu'est-ce que ça veut dire "tu ne voulais pas me faire attendre" ? C'est nouveau ça ! Il va croire que c'est moi qui t'ai dit de venir dîner sans monter le voir et il va me rendre responsable. Arrête de manger, tu dois y aller tout de suite. »

Il était fatigué, et ce flot de paroles l'épuisa plus encore.

Il valait mieux mentir et ne pas la contredire.

Il se remit à manger son potage sans répondre, puis il repoussa son assiette avec sa cuiller vers le centre de la table. Il prit dans le plat de service un morceau de viande, deux pommes de terre bouillies et mangea rapidement, sans boire.

Il sentait le poids de son regard hostile.

Il essuya sa bouche avec un coin de sa serviette, l'enroula pour la glisser facilement dans le rond de serviette en argent à ses initiales et se leva. Il se dirigea vers sa femme, lui déposa un baiser sur la tête sans la voir et dit :

« Bonne nuit chérie, je monte voir mon père. À demain. »

Son lit l'attendait.

Le lendemain matin, Iacopo passa rapidement au bureau, expliqua à la secrétaire qu'il serait absent jusqu'au soir, et partit en voiture.

Il avait décidé de commencer par la femme qu'il avait trouvée sur la première page du cahier : Gabriella Forlani. Il semblait qu'elle avait eu une fille de son père et, d'après la date de naissance, c'était la première prostituée qu'il avait fréquentée, ou du moins la première avec laquelle il avait décidé de « donner la vie », répéta-t-il à voix haute, en levant une main du volant, pour accompagner ses mots d'un de ces gestes solennels que faisait son père pour impressionner les clients.

Il avait vu que les adresses étaient presque toutes dans les deux ou trois mêmes rues, sans doute la partie de la ville où habitaient toutes les prostituées et où elles travaillaient maintenant, après la fermeture des bordels.

« Tous mes parents habitent dans ce quartier respectable », murmura-t-il, en tapant nerveusement son talon gauche sur le plancher de la voiture, qui roulait, solitaire, entre deux files de platanes tous pareils.

Il arriva à la gare de Mantoue, pour prendre le train Suzzara-Ferrare de 7 h 53, gara sa voiture et entra dans le grand hall.

Il acheta un journal, un billet et monta dans le train qui était déjà à quai, prêt à partir.

Il ne supportait pas l'odeur des trains, ni tous ces gens qui semblaient voyager uniquement pour engager la conversation. Ils vous parlaient d'eux, de leurs enfants, de leur travail, de leurs amours et, soudain, arrivés à destination, ils descendaient précipitamment, en vous saluant, comme s'il était normal d'avoir raconté leur vie à quelqu'un dont ils ne savaient même pas le nom et qu'ils ne reverraient jamais.

Il avait compris que le choix de la place était fondamental, ainsi que l'achat d'un journal comme instrument de défense. Il fallait d'abord choisir un compartiment déjà occupé, en se basant sur les visages, plutôt qu'un compartiment vide, où vous pouviez devenir la proie facile des bavards professionnels. Il fallait aussi adopter immédiatement une attitude défensive, en feignant de lire un article, même si on était absorbé dans d'autres pensées. Parfois, en effet, certains professionnels du dialogue de train saisissaient au vol l'instant où vous leviez les yeux vers la fenêtre pour vous entraîner, par un simple commentaire sur le temps ou une question sur ce que vous étiez en train de lire, dans une épuisante conversation sans queue ni tête. Vous deviez donc être prêt, à votre tour, à saisir la première pause de silence pour baisser à nouveau les yeux sur votre journal, en le levant comme une barrière entre vous et l'étranger, au risque même de paraître grossier.

Il écarta un compartiment avec deux adolescents qui mettaient une pièce de monnaie dans la bouche grande ouverte d'un troisième qui dormait, et un autre où il n'y avait qu'une femme élégante. Elle lisait des papiers posés sur ses jambes croisées et on entrevoyait à peine son visage et ses cheveux blonds sous son grand chapeau, noir comme sa robe fermée jusqu'au cou. Elle avait déposé sur le siège voisin d'autres feuilles et un petit cahier, gris mais du même format que celui que lui avait donné son père.

Il entra dans le compartiment suivant, occupé par un couple entouré de paquets, sans doute des achats faits au marché, une femme qui lisait un roman où il était question de la folie d'un homme, et un maréchal d'armée, petit et rondouillet. Du côté de la fenêtre, un homme avec des lunettes et des cheveux noirs, brillants, plaqués en arrière, disait à l'homme plus petit qui lui faisait face :

« Tu as compris, Tracchi ?

— J'ai compris, Occia, j'ai compris », répondit le plus petit avec assurance.

Tous semblaient des gens comme il faut, ou du moins pas trop envahissants : là, il parviendrait peut-être à se concentrer sur la journée absurde qui l'attendait. Il entra et reconnut le relent de mauvaise haleine, de sandwichs et d'orange commun à tous les trains.

Le train partit à l'heure et le contrôleur passa presque aussitôt. Cette formalité expédiée, Iacopo avait enfin près de deux heures pour réfléchir.

Il s'imposa de tout considérer avec ordre et détachement, sans se laisser conditionner par son émotivité. Il devait cesser de se poser des questions, essayer de comprendre les pourquoi de l'histoire ignoble qui lui était tombée dessus. Il le ferait plus tard avec plus de calme. En attendant, il devait se comporter simplement comme s'il s'agissait d'une tâche confiée par un client quelconque, et non par son père.

Avant tout, il devait être très prudent. Dans un quartier de voleurs, se promener pouvait s'avérer dangereux, il avait donc bien fait de ne laisser que quelques billets dans son portefeuille et de cacher les autres dans le fond de son sac. Il devait absolument éviter de trop se dévoiler, essayer d'identifier les personnes avec certitude, mais sans raconter toute l'histoire de son père. Il agirait au cas par cas et il ne devrait pas y avoir de problèmes. Mille fois déjà, pour convaincre les parties concernées dans une transaction, il avait eu recours à des armes dialectiques très efficaces et avec des interlocuteurs autrement plus experts qu'un petit voleur ou une prostituée !

Le monsieur avec des lunettes, qui était resté silencieux jusque-là, tira Iacopo de ses pensées, en demandant de nouveau à voix haute :

« Tu as compris, Tracchi ? »

Le petit bonhomme qui dormait se réveilla et répondit sans hésiter :

« J'ai compris, Occia, j'ai compris ! », et il referma aussitôt les yeux.

Iacopo fit une grimace et reprit le fil de ses pensées, qu'il devait absolument remettre en ordre pour prévoir tout ce qui pourrait lui arriver et s'épargner des incidents désagréables.

Il fallait avant tout éviter tout contact avec les objets de ces habitations sordides. Il devait aussi éviter les poignées de main. D'ailleurs, il avait apporté une paire de gants noirs au cas où il devrait toucher des papiers ou quelque chose de ce genre, peut-être des lettres ou des testaments. On ne plaisante pas avec ça ; un instant suffit pour attraper une maladie vénérienne. Il devait aussi être prêt à repousser les avances de la première prostituée en quête d'argent ! Il les tiendrait à distance avec son autorité naturelle et, si besoin, il les menacerait d'appeler les carabiniers. Mieux, il dirait que le commissaire était informé de sa présence dans le quartier « pour garantir la bonne exécution de son mandat ». C'est ça : avec des mots aussi difficiles, il aurait tôt fait de les effrayer, ces malheureuses.

Le monsieur brisa encore le silence avec sa voix forte, de sourd :

« Tu as compris, Tracchi ? »

Le petit ouvrit les yeux et répondit sans hésiter :

« J'ai compris, Occia, j'ai compris ! »

La femme qui était en train de lire un roman avait baissé son livre et souri, comme si la scène l'amusait, tandis que son mari et le maréchal continuaient imperturbables à parler de leur service militaire et de leurs enfants qui allaient grandir dans un monde plein de dangers.

Iacopo secoua la tête, tournant les yeux vers l'extérieur du compartiment, vers le couloir vide, où il n'y avait pas tous ces gens inutiles qui l'empêchaient de se concentrer.

Arrivé à Ferrare, il s'engouffra en hâte dans le passage souterrain devant la gare, monta dans le bus numéro 1 qui allait vers le centre de la ville.

Là aussi il y avait des gens qui bavardaient, assis, tandis que d'autres réussissaient à parler de tout et de rien, accrochés par un bras aux barres de maintien, en vacillant à chaque coup de frein. Un groupe d'adolescents faisait du bruit avec beaucoup d'insolence, et Iacopo eut soudain envie de leur rappeler le respect que l'on doit à son prochain dans un lieu public, où il pouvait y avoir des personnes qui n'avaient pas envie d'entendre leurs idioties. Il descendit enfin à l'arrêt de corso Giovecca, plus proche de la Conservatoria où il était venu quelquefois lors d'inspections trop délicates pour être confiées à son collègue Fabbri, leur correspondant habituel dans la ville.

Il revint en arrière, en marchant vers l'avenue qui longeait le fossé du château, traversa une petite place ovale et déboucha sous des portiques, à côté d'un étudiant qui se plaignait à un groupe d'amis : « … Nous sommes toujours sans le sou. » Puis il passa devant des magasins de vêtements, devant une pharmacie et un bar avec des tables vides, à l'exception d'une jeune femme maigre, qui portait un tee-shirt à rayures horizontales rouges et blanches, une petite chaîne au cou et des lunettes de soleil. Elle feuilletait un vieux livre de droit qu'il connaissait bien.

Il traversa la rue pour regarder s'il y avait de l'eau par-delà le muret, comme il se souvenait d'en avoir vu, enfant. Elle était là, sombre et stagnante, avec d'énormes poissons noirs et rouges qui bougeaient maladroitement. Il se tourna et aperçut à une fenêtre, au-dessus des portiques de la pharmacie, un vieil homme avec des lunettes qui le fixait et dont l'attitude donnait l'impression qu'il l'espionnait, convaincu de ne pas être vu dans l'obscurité de la pièce par-delà les vitres.

Il revint au bar pour demander des informations, dépassa un kiosque à journaux et, quelques pas plus loin, s'arrêta pour lire l'affiche du *Resto del Carlino*, sur laquelle il avait posé un regard distrait. Il était écrit : *La femme d'un joueur de la SPAL s'enfuit avec un employé de la Caisse d'Épargne.*

Eh bien, songea-t-il, drôle de ville où une nouvelle de ce genre fait la une.

De l'autre côté de la rue encore déserte, des gens vidaient un magasin de vêtements, et sur une estrade en bois, deux mannequins sans visage, l'un assis, les bras croisés, l'autre debout, portaient des vêtements blanchâtres. Autour d'eux, des objets épars : un bâton, une petite boîte peinte de triangles bigarrés, une espèce de tête en tissu. Le rouge du château d'Este avec ses quatre tours se détachait, imposant. Un peu à l'écart, une usine avec deux hautes cheminées de briques.

Il recommença à marcher, passa devant la cathédrale et entra dans le dédale des rues étroites de la ville médiévale.

Celle qu'il cherchait était sale, encombrée de détritus dans une puanteur d'urine qui se mêlait aux odeurs de cuisine venues des fenêtres. Une rangée de voûtes reliait entre elles les nombreuses maisons des deux côtés de la rue.

Il trouva le numéro 6. La porte était entrouverte, et sur la sonnette, cassée et hors service depuis Dieu sait quand, pas le moindre nom.

« S'il vous plaît », dit-il d'une voix forte, en entrant dans la pénombre.

« S'il vous plaît », dit-il à nouveau.

Il se retrouva directement dans une grande pièce, traversée dans toute sa largeur par une sorte de tenture accrochée à une corde, comme un vieux rideau de théâtre, derrière laquelle on entrevoyait une rangée de lits juxtaposés. Dans un angle, près de l'unique fenêtre, une fumée épaisse et blanche montait d'une casserole posée sur le feu. De la lingerie pliée était posée sur la table et, un peu plus loin, il y avait un buffet sans portes, plein d'objets, de cahiers, d'assiettes, de verres, de boîtes de toutes les tailles.

Il commençait à s'habituer à la pénombre et à voir un peu mieux. Il se retourna et aperçut de l'autre côté de la porte, dans une autre pièce, la silhouette d'une personne assise sur un fauteuil bas.

« Bonjour », risqua-t-il.

Rien.

Il essaya de répéter :

« Bonjour, excusez-moi de vous déranger. »

On entendait seulement le bruit de l'eau qui bouillait dans la casserole et des voix, au loin, dans la rue.

Il s'approcha.

C'était une vieille femme qui dormait, assise à côté d'un lit en fer forgé. Elle avait les cheveux blancs, soigneusement relevés, et les mains posées sur sa poitrine.

Il s'approcha.

Ce devait être une femme superbe, songea Iacopo en regardant l'élégance de sa pose abandonnée et les traits fiers de son visage plein de rides.

Il émanait d'elle une odeur de propre.

Curieux, il n'y avait aucune mauvaise odeur là-dedans. Il recommença à regarder autour de lui et remarqua que la pauvreté de cette maison s'effaçait devant l'ordre qui régnait sur tous ces objets.

Il était immobile, debout, sur le seuil de la petite chambre, se demandant ce qu'il faisait dans un endroit pareil, quand la porte sur la rue s'ouvrit toute grande et qu'une voix féminine entra joyeusement dans le silence de la pièce :

« Grand-mère, voilà les fleurs ! »

Iacopo se raidit :

« Bonjour, dit-il, excusez mon intrusion, je suis le notaire Iacopo Dalla Libera.

— Bonjour, monsieur, répondit la jeune fille, je suis Mila. »

Elle posa un sac sur la table et s'approcha de la fenêtre.

« C'est quoi cette obscurité ? Dehors il y a un soleil magnifique ! »

Elle ouvrit les persiennes et la lumière éclaira son visage souriant.

Iacopo déglutit.

C'était la vieille femme cent ans plus jeune. Encore plus belle. Âpre comme un fruit défendu.

Elle le regarda droit dans les yeux, pendant un temps

si long qu'il sentit quelque chose d'inconnu courir dans ses veines, jusqu'à lui couper le souffle.

Puis elle s'approcha et lui tendit la main :

« Enchantée, mais maintenant, excusez-moi, je dois réveiller ma grand-mère. »

Il sentit comme un pétale de rose glisser entre ses doigts.

Il resta là debout, figé, étourdi, la bouche ouverte et une main en l'air. La pièce semblait maintenant pleine de couleurs jamais vues.

Il vit les cheveux noirs qui la suivaient dans l'air et ferma les yeux, pour chasser aussitôt ce désir soudain qui l'enivrait.

Iacopo, se dit-il, que t'arrive-t-il ? Tu es seulement bouleversé et fatigué. Cela va passer, et tout rentrera dans l'ordre, comme toujours.

Il ouvrit les yeux et vit qu'elle caressait le visage de la vieille femme.

« C'est moi, grand-mère. J'ai apporté des fleurs. »

La vieille femme se réveilla. Elle regarda sa petite-fille et, sans rien bouger dans son visage, se leva brusquement, restant debout, immobile.

La jeune fille se pencha pour prendre sur le fauteuil des choses qu'elle jeta dans un sac. Iacopo entra dans la petite chambre et comprit qu'il s'agissait de fleurs fanées et écrasées.

« Ne vous inquiétez pas ! » dit Mila en riant, amusée par son regard interrogateur. « Ma grand-mère a cessé d'entendre et de parler le jour de mes vingt et un ans, mais elle ne veut pas renoncer à ses fleurs. »

Elle ferma le sac et alla le jeter dans la poubelle sous l'évier, puis elle ouvrit le cabas qu'elle avait laissé sur la table, y prit un bouquet de fleurs colorées et dit :

« Elles sont belles, n'est-ce pas ? »

Sa main passa si près de lui qu'il sentit son parfum et l'inspira profondément, les narines dilatées, imaginant effleurer de ses lèvres ces veines sensuelles et les longs doigts maigres.

« Regardez, monsieur, poursuivit Mila, ce fauteuil était celui de mon grand-père. Vous voyez sur le tissu ce dessin de fleurs fanées ? »

Iacopo se pencha pour regarder.

« Quand la tapisserie a fini par être trop vieille et trop usée, continua-t-elle, mon grand-père s'est mis à regretter l'absence de ses fleurs. Ils n'avaient pas l'argent pour la changer alors ma grand-mère a eu une idée : elle a commencé à en cueillir dans les prés et à les apporter ici pour les éparpiller sur le fauteuil. Ainsi, quand il s'asseyait, il était heureux et se sentait plus fort et plus tranquille. »

Elle jeta le papier jaune et commença à déposer délicatement les fleurs sur le tissu, en suivant soigneusement un dessin désormais invisible.

Puis elle recula d'un pas pour juger de l'effet produit, elle déplaça sur un côté une fleur rouge vermillon et dit à voix haute :

« Voilà, elles sont prêtes ! »

La vieille femme s'installa sur les fleurs, ferma les yeux, et reprit la position immobile dans laquelle Iacopo l'avait trouvée en entrant dans la petite chambre.

« Depuis que mon grand-père Cleber est mort, ajouta Mila en fermant la porte de la chambre, elle a pris sa place dans le fauteuil et moi celle de ma grand-mère pour cueillir les fleurs au pied des murailles. »

Puis elle regarda à nouveau Iacopo dans les yeux, elle s'approcha de lui et il se perdit en elle.

« Maintenant, je suis toute à vous », dit-elle.

Elle se dressa sur la pointe des pieds et il sentit sa poitrine, il n'y avait pas de doute, il ne pouvait pas y avoir de doute, qui frôlait sa veste.

« Tu as dit que tu t'appelles Iacopo…

— Iacopo Dalla Libera », répondit-il.

Voilà ce qu'il devait faire. Le nom servait toujours à garder les distances. Il haletait. Il sentait son haleine, le parfum de sa peau de son long cou. Il voyait partout des couleurs éclatantes. Il devait rentrer chez lui. Quitter cet endroit.

Les lèvres. Les lèvres douces de Mila. Elles continuaient à effleurer son cou, son visage. Et ses doigts maigres dans ses cheveux, sur sa nuque.

« Viens avec moi, Iacopo », lui glissa-t-elle à l'oreille, dans un souffle imperceptible qui le fit presque défaillir.

Elle le conduisit vers les lits, ouvrit le long rideau et, avant qu'il ne se referme, il eut le temps de se retourner et de se voir debout, au milieu de la pièce, son cartable en cuir à la main, raide et éteint dans son ordre de toujours.

Combien de temps s'était-il écoulé ?

Il flottait loin, léger. Les yeux fermés, il avait encore

la tête appuyée sur elle et sentait l'odeur de sa peau et sa respiration qui soulevait et abaissait son ventre. Où avait-il été ? Qui était-il, maintenant, lui qui s'était perdu et ne voulait plus revenir dehors, de l'autre côté du rideau.

« Qui es-tu ? lui demanda-t-il, sans rouvrir les yeux.

— Je suis qui tu veux », répondit Mila.

Iacopo fixa le lustre qui pendait au plafond :

« Je ne voulais pas ça.

— Menteur ! » répondit-elle, amusée, tandis que les vibrations de son rire agitaient la tête de Iacopo. « Tu m'as déshabillée des yeux dès que je suis entrée et puis, avant de le faire, tu ne m'as même pas demandé combien je prenais…

— J'étais là pour chercher une personne, pas pour coucher avec elle.

— … Et ça t'a déplu ? »

Iacopo sentait la peau nue de Mila sous sa nuque, et son odeur, partout. C'était comme s'il avait été plongé dans une sensation de bien-être céleste qui le détendait, avec ce lent bercement du ventre sous sa tête.

Il vit son pantalon, jeté par terre sur sa veste.

Un frisson le secoua. Il blasphémait ! Coucher avec une prostituée ne pouvait pas être céleste !

Comment avait-il pu ? Que lui arrivait-il ? Sans doute elle l'avait pris sans même lui laisser le temps de parler ou de réagir. Mais maintenant, qu'allait-il se passer ?

Peut-être allait-elle le faire chanter, détruisant sa

carrière et la vie respectable qu'il avait toujours défendue, avec orgueil.

Il devait la payer beaucoup plus que ce qu'elle allait demander et mettre fin tout de suite à cette histoire absurde.

Il chercha son portefeuille avec son argent et ses papiers.

Quel idiot ! Il lui avait révélé son prénom et son nom quand elle était entrée. Il s'était présenté à une prostituée !

« C'est combien ? lui dit-il en haletant tandis qu'il essayait de compter les billets.

— Rien, Iacopo. J'avais compris que tu n'étais pas ici pour moi : personne ne se présente avec nous. Mais j'ai vu tes yeux qui me désiraient tellement et j'ai pensé profiter de ta faiblesse. »

D'une main elle le recoiffa délicatement.

« Tu as la même odeur carrée que ma vieille professeure de gymnastique... si un jour tu décides de revenir me voir, alors oui, tu me paieras. »

Cette fois, Iacopo se vit réellement où il était, assis nu sur le lit, son portefeuille à la main, ses vêtements épars dans la pièce.

Il imagina qu'il se voyait d'en haut, et songea que cette scène devait être absolument sordide et sale. Et pourtant, il éprouva de la tendresse envers lui : pauvre petit, se dit-il, au fond, qu'as-tu fait ? De quoi s'agit-il, Iacopo, d'un instant de liberté ? Et puis, à côté de lui, il y avait un ange, et les draps étaient propres et parfumés, comme sa peau blanche.

« Tu m'as dit que tu cherchais quelqu'un ? » lui demanda-t-elle.

Il tourna la tête pour la regarder. Elle jouait avec son bras long et maigre qu'elle tendait vers le plafond comme pour tracer dans l'air des dessins inconnus. Elle s'arrêta en se sentant observée, et le regarda.

Elle avait les yeux rieurs, avec dedans une lumière.

Iacopo se leva, ramassa ses vêtements et revint sur le lit, à côté d'elle :

« Oui, répondit-il, je cherche une femme qui s'appelle Gabriella Forlani. »

Elle s'assit, couvrant sa poitrine avec le drap, comme dans un regain de pudeur. Elle ouvrit un passage dans le long rideau blanc et, en montrant d'un doigt la porte fermée de la petite chambre :

« Elle est là. C'est elle, Gabriella Forlani. »

Une bouffée de chaleur.

En entrant, elle lui avait paru trop vieille pour que ce soit elle, et puis il avait déjà écarté l'idée qu'après tant d'années, la première prostituée de son père puisse encore habiter à la même adresse. Et pourtant, elle était là, quarante ans plus tard, dans cette chambre.

Et voilà que cela lui était arrivé aussi : le destin lui avait fait découvrir ces frissons à l'endroit où son père les avait éprouvés pour la première fois.

Malédiction !

Il se leva d'un bond, la panique montait dans sa poitrine. Comment avait-il pu ne pas y penser avant ? Si la jeune fille l'avait appelée grand-mère, cela signifiait qu'il avait couché avec sa nièce, avec la fille de sa sœur !

C'était écrit clairement dans le cahier : Gabriella Forlani avait eu Anna avec son père. Sans aucun doute, la mère de Mila.

C'est le diable en personne qui avait dû l'amener là, qui l'avait mis dans cette situation, qui l'avait entraîné dans l'horreur d'un inceste.

Il essaya de se contrôler. Il ne devait pas se montrer aussi agité. Si la situation devenait trop dangereuse, il devait pouvoir disparaître sans laisser trop d'éléments à la jeune fille. Et puis, il restait peut-être un espoir : la vieille femme pouvait avoir eu d'autres enfants, avec d'autres hommes, et Mila était peut-être née de l'un d'entre eux.

À ce stade, il valait mieux lui demander qui était sa mère. Maintenant, il lui avait donné son nom, il lui avait dit qu'il était notaire, il valait mieux utiliser un mot difficile, de façon à comprendre sans être compris. Un *acte notarié*. Oui, il lui dirait qu'il devait vérifier les *données d'état civil et les données cadastrales d'un acte notarié*.

Il se tourna vers Mila.

Elle ne s'était pas rhabillée. Elle l'observait, couchée sur un côté, couverte par le drap.

Si belle qu'elle semblait irréelle.

En la regardant il perdit le fil de ses pensées et resta à nouveau figé, debout, la bouche ouverte, étreint par l'angoisse.

Elle comprit, elle eut à nouveau ce regard trouble et d'un geste lent, très lent, elle fit glisser le drap, se retrouvant à nouveau nue devant lui.

Elle avait les épaules appuyées sur un oreiller blanc qui tranchait avec le rouge de la couverture sur laquelle elle s'était couchée, la même couleur que le rouge à lèvres qu'elle portait. Elle le regardait, le visage posé sur un bras plié derrière sa tête et les jambes resserrées, comme pour se protéger.

Il ferma les yeux pour se ressaisir. Il pouvait y arriver. Sa tête tournait et ses pensées se succédaient, affolées, mais il se répétait sans cesse : « Ne te laisse pas berner, c'est juste une putain qui veut te piéger. » Mais ce parfum l'étourdissait, malédiction. Elle était éblouissante avec ce long cou maigre.

Il rouvrit les yeux.

Elle n'était plus là.

Il pensa qu'elle s'était évanouie, comme une divinité, comme elle était apparue.

Il regarda autour de lui. Mila avait seulement passé de fines chaussures noires et s'était assise sur un fauteuil vert devant la fenêtre, pour regarder quelque chose dans la rue. Elle avait les mains jointes, les coudes appuyés sur ses genoux pour se pencher vers la vitre, comme si être nue était la chose la plus naturelle du monde.

« Excusez-moi, dit Iacopo, en essayant de donner un certain détachement à sa voix : Je me présente mieux : je suis le notaire Dalla Libera. »

« Enchantée », dit-elle de derrière les cheveux qui couvraient son visage, sans cesser de regarder avec curiosité ce qui se passait dans la rue.

« J'aurais besoin de compléter les données d'état civil et cadastrales d'un acte notarié et pour cela je dois savoir si Mme Gabriella Forlani a eu une fille prénommée Anna, et, le cas échéant, si je peux la rencontrer. »

« Elle est morte », répondit-elle froidement, sans se retourner, comme si la chose ne la concernait pas.

Iacopo se sentit glacé. Il imagina cette Anna dans un cercueil ouvert, posé sur le sol juste au centre de la pièce, avec les femmes en cercle, vêtues de noir, qui pleuraient et priaient les bras tendus vers elle.

Il pensa à son père qui attendait, dans son grand lit, de voir sa première fille, à l'absurdité de tout ce qui se produisait, se demandant comment une fille pouvait dire de sa propre mère « Elle est morte » avec un tel détachement.

Car maintenant il n'y avait plus de doute, Mila était bien la fille d'Anna.

« C'était votre mère ? » demanda-t-il pour s'entendre répondre oui et sombrer définitivement dans le dégoût de l'inceste.

Elle se retourna en riant :

« Que dis-tu ? Tu pourrais arrêter de me vouvoyer ? »

Elle passa une petite combinaison, prit une pomme dans un panier et s'assit sur l'évier, en la mordant bruyamment :

« Je l'aimais énormément, mais non, ce n'était pas ma mère », ajouta-t-elle la bouche pleine.

Iacopo se sentit complètement vidé et tituba.

« Tu veux un verre d'eau ?, lui demanda-t-elle, tu ne te sens pas bien ? »

Si, il allait très bien, ou plutôt, il se sentait comme libéré, et maintenant, il respirait mieux.

« Merci », répondit-il.

Elle sauta de l'évier, prit un verre dans l'égouttoir, ouvrit le robinet pour le remplir et le lui donna. Iacopo effleura ses doigts un instant assez long pour sentir un frisson lui étreindre le cou et descendre le long de son dos.

Il était troublé.

« Anna est tombée malade, poursuivit Mila, et elle est morte en quelques mois. Elle était belle et joyeuse. Elle aimait tout de la vie et les clients l'adoraient : beaucoup l'invitaient même à déjeuner. »

Elle parlait debout, en regardant dans le vide les images qui défilaient devant elle :

« Figure-toi qu'un jour un marin l'a carrément emmenée au bord de la mer ramasser des galets. Ils ont trouvé un tas de pierres dorées et de magnifiques coquillages ronds, puis ils ont fait l'amour pendant des heures, là, sur le sable, et il lui a dit qu'elle sentait la sauge. »

Elle caressa la table, encore avec le dos de la main.

« Les jours de fête nous restions toutes ici, assises pendant des heures à boire et à manger. Chacune apportait quelque chose, et elle s'installait au bout de la table et nous faisait rire avec ses histoires sur ses clients maladroits. »

Elle passa derrière le rideau pour se rhabiller.

« J'étais la plus jeune. Je l'écoutais et j'enviais tout d'elle : sa voix, ses gestes, son orgueil. Elle me disait : “Nous faisons le plus vieux métier du monde, ou pas ? Il ne doit donc pas être si honteux que ça, contrairement à ce que disent les bien-pensants, ceux-là mêmes qui ne nous laissent libres que le dimanche, parce qu'ils doivent rester chez eux avec leur famille et aller à la messe avec leurs beaux habits." »

Elle enfila ses chaussures.

« Prends les fleurs qui restent et viens avec moi : cela fait un certain temps que je n'y suis pas allée et je veux te montrer sa tombe. Nous en avons pour un instant : le cimetière est là derrière. »

Ils sortirent dans la rue.

Iacopo sentit sur son visage l'air frais du début de l'été et le respira profondément.

Accrochée au mur extérieur, juste à côté de la porte d'entrée, il vit une cage à oiseaux, vide, avec la porte ouverte. Il s'arrêta pour la regarder et Mila lui dit :

« Je parie que quand tu es entré tu ne l'as pas vue ! »

Puis elle le prit par la main pour l'entraîner avec elle :

« Il y avait un chardonneret, mais un soir, quand j'étais petite, je l'ai laissé s'échapper et depuis, la porte reste toujours ouverte, pour me rappeler que nous sommes libres. »

Ils tournèrent à l'angle, suivirent quelque temps une rue étroite pavée et arrivèrent à un mur d'enceinte avec deux arbres inclinés vers l'extérieur : vu de dehors, on aurait dit un petit jardin serré entre les maisons.

Ils entrèrent par une porte basse.

Iacopo n'avait jamais vu un cimetière pareil.

Il y avait un grand désordre, avec des tombes étroites sur plusieurs rangées, presque entassées les unes sur les autres, des plaques de marbre tordues dans l'herbe, des croix de bois, des statues d'angelots qui semblaient détachées de portails d'églises et posées par terre, des fleurs partout. Il n'y avait rien de l'austérité et de l'ordre de tous les cimetières qu'il avait vus jusque-là.

C'était peut-être le soleil, ou le ciel bleu, mais ce chaos le mettait en joie.

« Voilà notre cimetière », dit Mila, en marchant entre les rangées de tombes d'un pas décidé.

Iacopo se laissait traîner par une main, respirant l'odeur de fleurs pourries qui montait des vases en métal.

« Nous y sommes », dit-elle à un moment donné, en se signant.

Ils étaient arrivés devant une tombe, petite et coincée entre les autres, mais entretenue avec beaucoup de soin.

Iacopo s'approcha et lut l'inscription sur le marbre blanc :

ANNA FORLANI

PUTAIN

Il entendit, très loin lui sembla-t-il, le rire de Mila. Il ne comprenait pas si c'était une plaisanterie ou autre chose.

« Je t'avais dit qu'elle était unique ! »

Elle prit les deux fleurs que Iacopo avait apportées de la chambre et les déposa délicatement sur le prénom, sur *Anna*.

« Quand elle a compris qu'elle ne guérirait plus elle nous a fait venir autour de son lit et nous a dit fermement que c'était ce que nous devrions faire inscrire sur la pierre tombale : *Putain*. “C’est ce que j’ai fait pendant toute ma vie, a-t-elle expliqué bien décidée, et je veux qu’on se souvienne de moi comme telle après ma mort.” »

Mila regardait dans le vide comme si elle revoyait la scène :

« Nous avons tout de suite compris qu’elle ne plaisantait pas et grand-mère Gabriella s’est enfuie, désespérée. Pour elle qui avait passé toute sa vie à avoir honte de son métier, c’en était trop. Et puis, elle a compris, et le jour de sa mort, avant même de commencer à pleurer, c’est elle qui est allée chez le marbrier pour commander la gravure. Et lorsqu’il a voulu s’y opposer, expliquant qu’on ne pouvait pas faire une chose pareille dans un lieu consacré, elle saisit un marteau sans un mot et brisa une grande dalle de marbre, le faisant aussitôt changer d’avis. »

Elle le reprit par la main.

« Beaucoup dans le quartier ont estimé que se déclarer ainsi était un choix honnête. Un peu comme se mettre finalement en règle avec Dieu. Viens avec moi. »

Ils s’engagèrent dans un petit sentier étroit qui conduisait au mur d’enceinte et s’arrêtèrent devant une croix plantée dans la terre.

« Lis ça », dit-elle.

NATALE FERRARI

VOLEUR

« Natale est mort un mois plus tard, poursuivit-elle, et les derniers jours il fut formel : il voulait cette inscription. »

Elle l'entraîna encore un peu plus loin, et lui montra d'un signe de la tête une tombe plus grande que les autres.

OSCAR CASELLI
PÉCHEUR
IL VÉCUT EN CHERCHANT EN VAIN
LE REPENTIR

« Elles ne sont pas toutes pareilles, rassure-toi », dit Mila en riant, tandis que son regard passait rapidement sur d'autres pierres tombales et d'autres croix.

Il y avait des maçons, des plombiers, des marchandes de primeurs, des menuisiers. De tout.

C'est normal, songea Iacopo. Pourquoi seuls ceux qui ont eu du succès ou de l'argent devraient-ils écrire ce qu'ils ont fait pendant leur vie ? *Chirurgien*, *Ténor du barreau*, *Sénateur*. Là au contraire, dans ce cimetière, quelqu'un avait remis les choses en ordre et tous, sans exception, déclaraient orgueilleusement leur travail.

Il regarda deux petites dalles de pierre, l'une à côté de l'autre :

NELUSCO BARONI
ROI DES PLOMBIERS

ILIANA ROSSETTI BARONI
ÉPOUSE DU PLOMBIER

« Mais tout a commencé avec elle ? demanda Iacopo.

— C'est exactement ça, répondit Mila. Quelque temps après la mort d'Anna, quand sont apparues les premières inscriptions, fruit des dispositions précises de ceux qui étaient sur le point de mourir, certains ont entrepris de compléter les pierres tombales de parents morts depuis longtemps. On trouvait de plus en plus triste de ne laisser que leur nom, comme s'ils n'avaient rien fait de toute leur vie.

« N'est-ce pas magnifique ? » lui demanda-t-elle.

Iacopo acquiesça. Il imaginait sa pierre tombale, froide, lisse, dans le cimetière soigné du village, au bout de l'allée de cyprès, derrière la haie bien taillée, avec devant elle un vase de marbre blanc, plein de fleurs artificielles et l'inévitable inscription : *Iacopo Dalla Libera, Notaire.*

Erronée elle aussi, songea-t-il.

On devrait écrire *Iacopo Dalla Libera, Fils d'Ippolito*, rien d'autre. Parce qu'il n'avait rien été de plus.

Il regarda autour de lui.

Là, au contraire, la vie était encore présente. Partout. Et tout était plus juste, plus honnête.

Il aurait dû acheter le morceau de cimetière resté libre, là-bas, près du mur d'enceinte, abattre ces deux arbres et faire construire à ses frais cinquante-trois tombes toutes semblables, alignées. Et faire inscrire sous chaque prénom : *Fils ou fille d'un crétin.*

Dès qu'ils eurent franchi la petite porte qui donnait sur la rue, Mila le prit par le bras. Elle chantait à mi-voix et de temps en temps sautait un pas, comme un jeu entre des enfants, retenant, du dos de sa main, sa robe d'une étoffe très légère qui se soulevait dans l'air.

Iacopo n'avait pas faim et ne savait même plus quelle heure il était. Il regardait les maisons de briques rouges comme la terre d'un court de tennis, sur fond de ciel d'un bleu comme il n'en avait jamais vu.

Dans une petite rue latérale, deux fillettes jouaient, feignant de se lancer une balle imaginaire. Elles riaient, heureuses, la poursuivant et la lançant de plus en plus haut. Puis elles s'arrêtèrent, se couvrant la bouche d'une main, comme seuls savent le faire les plus petits quand ils font une bêtise.

Iacopo et Mila s'étaient arrêtés pour les regarder, et en les voyant, les fillettes désignèrent des yeux le mur derrière lequel, à l'évidence, avait fini leur balle invisible.

Soudain une voix masculine, venue de l'autre côté, brisa le silence :

« Maintenant ça suffit ! Vous avez massacré toutes mes fleurs. »

Elles rirent sans bruit et commencèrent à se bousculer pour reprendre la balle que l'homme avait dû leur relancer par-dessus le mur.

« Elles sont sœurs… », dit Mila.

Puis elle demanda à Iacopo : « On mange quelque chose ?

— Où ? répondit-il.

— Viens avec moi. Je t'emmène dans le meilleur restaurant du monde. »

Ils débouchèrent sur une petite place pavée sur laquelle donnaient un cinéma et une église. De l'autre côté, on voyait l'enseigne d'une trattoria et quelques tables, sous des parasols blancs qui les protégeaient du soleil.

« Nous y sommes, dit Mila en lui serrant le bras : C'est le paradis du quartier. Dès qu'ils ont deux sous, ils viennent tous les dépenser ici, chez Mantovani. »

Ils s'assirent à une table couverte d'une nappe à carreaux rouges et blancs.

Cela faisait combien de temps que Iacopo ne mangeait pas dehors ? C'était agréable de sentir l'air frais sur son visage et la chaleur du soleil sur ses épaules. Ils l'avaient fait quelquefois, juste après leur mariage, dans le parc de la maison, et puis sa femme et lui avaient trouvé que cela manquait un peu de dignité, avec son père qui était dans son bureau, en train de travailler, et les gens du village qui passaient et les voyaient à travers les barreaux du grand portail.

Là au contraire, on était vraiment bien.

Un homme avec des lunettes et une épaisse barbe noire sortit de la trattoria.

« *Ciao* Mila. Bonjour monsieur », dit-il.

Il posa sur la table une carafe de vin blanc et deux verres, et poursuivit en souriant :

« Belle journée, n'est-ce pas ?

— Qu'est-ce que tu nous apportes à manger aujourd'hui ? », demanda Mila.

Il fit tourner sa main comme pour signifier qu'il s'agissait de choses délicieuses, puis il fit demi-tour et rentra dans la trattoria.

« Ici, on ne choisit pas, tu sais, lui dit-elle. C'est Vander qui apporte ce qu'il veut. Et surtout, n'envisage même pas de refuser ton assiette ! »

Un couple sur une bicyclette de femme arriva par une petite rue. La jeune femme riait aux éclats. Elle tenait le guidon et pédalait, assise sur le garçon, coincé entre elle qui bougeait et la selle, les jambes pendantes et le regard vide.

Ils arrivèrent à proximité des tables. Elle sauta à terre, se tourna vers le garçon et lui ébouriffa les cheveux, sans cesser de rire. Elle lissa sa jupe imprimée de petites fleurs colorées, s'approcha d'une table et s'assit en lui faisant signe de la rejoindre, puis elle se tourna vers eux et dit :

« *Ciao* Mila ! »

Elle était très belle. On aurait dit la star d'un film muet.

« *Ciao* Emilia », répondit Mila en souriant, tandis que l'hôte sortait déjà avec une carafe et deux verres.

On était bien dans cet air printanier.

« J'ai été orpheline très jeune, racontait Mila, comme si elle avait laissé un discours en suspens, et ils m'ont tout de suite recueillie chez eux. Anna, Gabriella et son compagnon, grand-père Cleber, sont devenus ma famille et m'ont élevée comme si j'avais été leur fille et leur petite-fille. »

Elle vit l'expression de Iacopo et éleva la voix :

« Ne fais pas cette tête-là ! Elles ne voulaient pas que je fasse leur métier. Elles m'ont encouragée à étudier, et m'ont fait tout essayer pour me garder loin de leur milieu : coiffeuse, vendeuse, femme de ménage. Mais il n'y a rien eu à faire : mon destin était d'être une putain, comme ma mère. »

Elle pencha la tête en arrière, en riant vers le ciel.

Les deux jeunes à la table voisine se tenaient la main, se regardant dans les yeux et parlant d'amour à voix basse.

« Après la mort d'Anna, les clients continuaient à la demander. Tu sais comment c'est, les journaux ne publient pas nos faire-part de décès ! »

Elle prit la carafe, emplit les verres de vin blanc. Le verre s'embua, se couvrant de petites bulles.

« Nous avions besoin d'argent, et un matin où Gabriella était sortie, un client a tenté sa chance. Il était venu quelques jours auparavant et il était reparti quand il avait appris, pour Anna. Puis il revint, pour moi et avec un bouquet de fleurs superbes. »

Iacopo vit l'homme debout au milieu de la pièce, les fleurs à la main, immobile comme il l'avait été lui-même, dévasté par la beauté de Mila.

« Gabriella s'est mise dans une colère noire quand elle a découvert l'argent sur la table et elle a menacé de me chasser de la maison, mais avec le temps, elle s'est résignée. »

L'hôte sortit de la trattoria avec quatre assiettes fumantes.

« Ces *cappellacci* sont pour vous, Mila, et ceux-là pour vous, Emilia », dit-il en les posant sur les tables avec un geste auquel la serviette blanche pliée sur son bras donnait de la solennité.

« Tu vas voir la merveille », dit Mila.

Iacopo sentit la douce saveur de la courge envahir sa bouche, mêlée à celle plus salée de la sauce à la viande. Puis il brisa entre ses dents une tranche de *coppia*, un pain encore chaud. Il n'y avait pas de doute, il n'avait pas mangé avec un tel plaisir depuis qu'il était enfant, quand il arrivait à table trempé de sueur et affamé.

Il prit son verre plein de vin frais, le regarda osciller à contre-jour et le but d'une traite. Il eut soudain envie d'enlever une chaussure. Cela lui arrivait parfois aussi dans son bureau mais il se contrôlait toujours, de peur que ses clients ou sa secrétaire s'en aperçoivent. Mais là, au fond, qui le connaissait ? Il sentit son pied qui recommençait à respirer, comme s'il avait été prisonnier pendant des années dans une cellule étroite et sombre et retrouvait soudain l'air libre. Il effleura un des gros galets polis sous la table. Il était lisse et rassurant comme le ventre d'une femme enceinte. Il vit tous les autres sous le soleil, en dehors de l'ombre des tables et des parasols, et les imagina bouillants. Il voulait en toucher un : il allongea le pied par-delà la nappe et sentit la chaleur sous ses orteils. Il appuya toute la plante de son pied sur l'antique galet du fleuve qui lui sembla un énorme œuf prêt à éclore sous lui, pour donner naissance à un poisson, un esturgeon peut-être.

Il retira son pied brusquement.

Un groupe d'hommes venait d'entrer sur la place, riant et parlant à voix haute. Ils se donnaient de grandes tapes sur les épaules et se poussaient comme pour renforcer leur allégresse. Le plus petit d'entre eux porta ses mains de chaque côté de sa bouche et cria :

« Vander ! Prépare la *salama* pour tout le monde ! »

Ils rirent encore plus fort et un grondement s'éleva quand l'hôte apparut sur le seuil avec deux carafes de vin rouge.

Ils rapprochèrent trois tables, déplaçant bruyamment les chaises et échangeant des blagues et des insultes, puis le plus petit, toujours, tapa deux fois de la main sur la nappe, comme pour montrer où il voulait qu'on pose le vin.

« Apporte-nous le scalambra ! »

L'hôte posa les carafes à cet endroit précis.

Un homme avec des moustaches entreprit de remplir les verres, en faisant déborder le vin sur les tables et, le plus petit, le chef certainement, tenant l'autre carafe levée devant lui, s'approcha des deux jeunes gens au vélo, prit leurs verres, jeta le vin blanc par terre et les remplit :

« Virez-moi ce truc de malades ! Il n'y a que le vin rouge pour faire du bon sang ! »

Puis il s'approcha de la table où étaient assis Iacopo et Mila, jeta loin le vin et remplit aussi leurs verres à ras bord. Il se tourna ensuite vers les hommes et claqua des doigts. L'homme aux moustaches lui lança un verre, il l'attrapa et, le tenant levé, il se mit à verser lentement le vin, sans s'arrêter même lorsqu'il commença à déborder, coulant sur les galets.

Il s'arrêta soudain, levant son verre plus haut encore, pour dire :

« Buvons tous à la santé du notaire ! Aujourd'hui c'est lui qui régale ! »

Iacopo sentit le gel descendre le long de son dos tandis qu'il les regardait tous lever leurs verres vers le ciel :

« Au notaire ! Au notaire ! »

Il vit Mila rire aux éclats, cachée derrière le bord relevé de la nappe à carreaux, et il comprit qu'il avait été découvert, roulé.

Que pouvait-il faire maintenant ? L'imbécile qui avait fait confiance à une prostituée. Ils allaient le voler, mieux, le faire chanter pendant le reste de sa vie. La fin de tout. Voilà, il serait radié de l'Ordre et surtout, à partir de là, il serait facile de remonter à l'histoire de son père.

L'homme à la carafe revint à sa table. Mila s'approcha de Iacopo et, à mi-voix, elle dit :

« Ce n'est pas après toi qu'ils en ont, idiot ! Ce sont des voleurs et ils viennent toujours là fêter leurs rapines. Ils ont manifestement vidé l'étude d'un notaire de la ville. »

Iacopo vit soudain tout, autour de lui, se teinter

d'un rose très intense et s'écroula sur sa chaise, comme s'il avait perdu toute son énergie.

« Allons, bois toi aussi, si tu ne veux pas les vexer. »

Il prit son verre et le leva vers la table des hommes. Sa main tremblait et il craignit de salir sa chemise tandis qu'il l'approchait de sa bouche pour boire.

On entendit un applaudissement sonore.

Iacopo regarda la porte de la trattoria et vit sortir Vander accompagné d'une femme et d'un autre homme. Comme une procession : Vander marchait doucement, tenant devant sa poitrine un grand plat dans lequel il y avait une espèce de saucisson. On aurait dit un gros sac de peau sombre et fumante, fermé par de la ficelle. Derrière lui, le garçon et la femme avec une marmite noire.

Tous se taisaient maintenant, observant les gestes des trois personnes, qui s'étaient arrêtées à côté du chef des voleurs. Avec une louche, la femme remplit toute son assiette de purée, l'étendant soigneusement, puis Vander coupa avec un couteau la partie supérieure de la poche, glissa une cuiller dans l'ouverture ainsi créée et se mit à creuser soigneusement, de plus en plus avant.

« C'est la *salama da sugo*... » expliqua Mila, du ton de quelqu'un qui parle de choses sacrées.

Un nouvel applaudissement salua la cuiller qui ressortait de la poche pleine de chair rouge et fumante. Vander la montra calmement, la flaira et entreprit de l'étaler sur la couche de purée, il plongea à nouveau la cuiller dans les viscères de la *salama*, pour recommencer aussitôt à faire couler la sauce rouge sur le blanc fumant de la purée.

« Pauvre petit notaire, qui craignait d'avoir été découvert ! » dit Mila.

Elle s'écarta de la table pour faire de la place à la femme qui remplissait son assiette de purée.

« Vous êtes tous pareils, continua-t-elle, vous avez peur de perdre votre réputation pour une heure d'amour. Vous vous jurez qu'on ne vous y reprendra plus et quelques semaines plus tard, vous êtes de retour.

— Ce n'est pas encore mon cas » essaya de plaider Iacopo.

Elle rit encore :

« Tu as peut-être raison. Tu as l'air différent, mais c'est certainement parce que c'est ta première fois. »

Avec sa fourchette elle creusa une petite cavité dans la montagne de purée, comme la bouche d'un volcan.

« Allez, fais pareil toi aussi, elle arrive. »

L'homme appuya le plat sur la table, ouvrit la seconde *salama* avec un couteau, en découpant en haut une sorte de bouchon, comme pour pouvoir la refermer, et se retourna pour regarder l'hôte qui arrivait avec une cuiller.

« Me voici », dit-il, caressant sa barbe tout en s'adressant à Iacopo :

« Monsieur, c'est la première fois que vous mangez la *salama* ?

— Oui, répondit Mila.

— Alors, sachez que votre vie commence aujourd'hui. » Il enfonça la cuiller dans l'orifice ouvert par le jeune homme, creusa avec délicatesse et la ressortit pleine de viande hachée.

« Vous voyez, monsieur, je veux vous parler de mon grand-père, Augusto Mantovani. »

Iacopo acquiesça, curieux.

« Il était très malade et avait perdu connaissance depuis plusieurs jours. Le médecin n'arrivait pas à savoir s'il était vraiment dans le coma, alors grand-mère Giuditta s'est approchée du lit en disant au médecin qu'il y avait un moyen de le savoir. Elle se pencha et murmura à l'oreille de son mari : "Gusto, on nous a apporté une *salamina*." Et lui, il a ouvert les yeux d'un seul coup et répondu : "*Tinla da banda* : Mets-la de côté." Puis il les a refermés et, le soir même, il est mort. »

L'hôte déposa la viande rouge et fumante sur la purée :

« C'est la seule chose qui réveille même les moribonds », dit-il en tournant le dos, pour se diriger avec le plat vers la table d'Emilia.

« Allez, goûte », lui dit Mila, en agitant la main.

Iacopo sentit du feu dans sa bouche. La saveur était tellement forte qu'il fallait la mélanger avec la purée, mais elle laissait une envie irrésistible de continuer.

« Vas-y doucement, dit Mila à voix basse en s'approchant presque jusqu'à lui frôler les lèvres, c'est aphrodisiaque et tu as décidé que tu ne le ferais jamais plus. »

Maintenant tout était clair. Ces couleurs éclatantes, il les voyait quand elle s'approchait.

Vert émeraude.

Il devait boire quelque chose.

Le vin rouge lui rafraîchit la gorge. Il la regarda à travers son verre et sentit le désir lui nouer l'estomac.

Il avait envie de l'appeler par son prénom.

Non.

Il devait résister. Il sentait que ce serait pire encore que d'avoir fait l'amour avec elle. Il répétait mentalement « Mila » et comprenait qu'il ne survivrait pas si cette mélodie sortait de sa bouche.

Grand Dieu, il perdait la tête !

Il devait se raccrocher à une pensée plus sereine : un dossier de son bureau, le plein d'essence qu'il devait faire, ce qu'il y aurait au dîner ce soir, les rendez-vous du lendemain...

Rien. Un gouffre s'était ouvert en lui.

Il entendit un tintement, comme si une clochette essayait de le tirer de son étourdissement.

Il se retourna.

Le chef des voleurs s'était levé et frappait sur son verre vide avec son couteau.

« Silence, messieurs. Silence. »

Tous s'arrêtèrent en tournant les yeux vers lui.

« Vander, dit-il avec autorité, apporte-nous les guitares et l'Espagnole. »

L'hôte était appuyé au chambranle de la porte. Il acquiesça de la tête et disparut dans l'obscurité de l'auberge, dont il ressortit l'instant d'après avec deux guitares.

Il rejoignit le chef et lui en donna une. Tous les deux posèrent le pied sur une chaise pour vérifier si elles étaient accordées.

Quelques secondes s'écoulèrent, pendant lesquelles on n'entendait rien d'autre sur la place que les notes des cordes pincées une par une. Puis, en désignant la porte de l'auberge, il dit :

« Maintenant, un hommage de Consuelo pour vous, les amoureux. C'est toujours le notaire qui régale. »

La femme grassouillette qui avait servi à table sortit de l'obscurité de la porte. À sa façon de dénouer ses cheveux, après avoir essuyé ses mains sur son tablier, on aurait dit qu'elle montait sur une scène. Les deux guitares commencèrent à jouer tandis que les autres hommes accompagnaient la musique en battant la mesure sur les tables, sur les assiettes, avec leurs couverts. Ils ondulaient tous ensemble, comme s'ils entendaient déjà la voix de la femme, qui attendait, les mains sur les hanches et une fleur rouge piquée dans ses longs cheveux noirs, qui couvraient ses épaules, jusqu'à sa poitrine.

La musique s'arrêta soudain.

Pendant un très long instant seulement.

Juste le temps de laisser cette voix chaude résonner seule sur la place, dans une mélodie sensuelle comme la bouche de Mila.

Bésame...
Bésame mucho,
Como si fuera esta noche la última vez...

Les hommes avaient recommencé à jouer et à battre la mesure avec une délicatesse inattendue, se penchant vers les tables et les guitares comme pour disparaître, ne laissant que la musique.

Bésame mucho,
Bésame mucho
Que tengo miedo perderte,
Perderte después

Consuelo chantait en tenant d'une main sa jupe un peu relevée et marchait de côté, la tête tournée vers une épaule et les talons soulevés. Elle levait l'autre bras et ondoyait lentement au rythme de sa voix.

Elle s'approcha de la table d'Emilia et du jeune homme, en leur faisant signe de venir danser, puis elle vint vers eux et fit la même chose. Mila tira Iacopo vers le centre de la place et il se sentit entraîné dans le crescendo de cette musique qui remplissait l'air.

Il s'abandonna entre ces bras maigres qui le faisaient voltiger sur les galets, entre les nappes colorées, dans le bleu du ciel au-dessus d'eux.

Piensa que tal vez mañana
Yo estaré muy lejos,
Muy lejos de ti

Bésame…
Bésame mucho,
Como si fuera esta noche la última vez…

Il était bien, bon Dieu. Mais qu'avait-il fait tout le reste de sa vie ?

Après le repas, ils avaient recommencé à marcher le long d'une autre rue étroite, entre de petites maisons aux façades de brique.

Mila marchait à côté de lui, les bras croisés et refermés sur ses épaules.

« Dis-moi la vérité, demanda-t-elle au bout d'un moment, pourquoi cherchais-tu Anna et Gabriella ? Elles avaient un riche oncle d'Amérique qui est mort en laissant un héritage fabuleux ? »

Voilà, maintenant il devait absolument répondre quelque chose, mais il ne pouvait certainement pas lui raconter l'histoire de son père et de ses frères et sœurs inconnus. Dès le premier instant, en la voyant aussi solaire, il avait eu l'impression de pouvoir lui faire confiance. Mais au fond, que savait-il d'elle, hormis son métier ?

Il se rappela qu'il lui avait parlé d'informations pour un dossier : peut-être pouvait-il lui raconter une histoire proche de la sienne, sans se trahir. Il lui parlerait de l'enquête inhabituelle d'un de ses clients, père de plusieurs enfants qu'il avait eus avec différentes prostituées, et qui l'avait chargé de les retrouver, pour régler la question de leur héritage.

Comme ça, c'était bien.

« Il n'y a pas d'oncle d'Amérique, lui dit-il. Mais il y a un père et un petit héritage.

— Je le savais ! Je le savais ! » cria-t-elle en couvrant son visage de ses mains et en sautant comme si la terre brûlait.

Iacopo craignit de lui avoir donné trop d'illusions. Au fond, le tiers du patrimoine devait être divisé en cinquante-deux parts et il ne resterait pas grand-chose.

« Tu sais, il s'agit d'une petite somme…, murmura-t-il d'une voix incertaine, comme pour s'excuser.

— Que veux-tu que ça me fasse de combien il s'agit, lui dit-elle. Gabriella l'avait toujours dit à Anna : un jour quelqu'un viendra frapper à notre porte et tu auras un père toi aussi. »

Elle passa ses mains dans ses cheveux, les rejetant en arrière, et regarda Iacopo dans les yeux.

« Elle disait que cela se produirait certainement, parce que Ernesto le leur avait promis à toutes. »

Ernesto ? Iacopo n'y comprenait plus rien. Et puis, qu'est-ce que ça voulait dire « à toutes » ?

Mila interrompit ses pensées : « Mais dis-moi, il est mort ? Il a laissé un testament ? Combien avait-il d'enfants ?

— Nous ne parlons pas de la même personne », répondit-il d'un ton froid, volontairement distant.

Il avait besoin de bien comprendre. Peut-être un

quartier comme celui-ci était-il plein de prostituées qui attendaient le retour promis d'un prince charmant qui ne viendrait jamais. Il valait mieux poser quelques questions, pour en savoir plus, sans en dire trop.

« Explique-moi mieux, dit-il. Donc, Anna savait qui était son père ?

— Bien sûr, répondit Mila. Gabriella lui avait dit qu'elle était la fille d'Ernesto, un homme riche d'une autre ville, qui venait souvent dans le quartier. »

Elle montra les maisons de la rue. Devant une porte était assise une vieille femme, vêtue de noir, qui trempait du pain dans une assiette de bouillon.

« Il a promis à Gabriella, reprit-elle, que si elle gardait la fillette, il lui enverrait de l'argent pour l'élever jusqu'à ce qu'elle soit assez grande pour *se perdre dans le monde*. »

Mila regarda loin.

« C'est exactement ce qu'il lui a dit : "se perdre dans le monde". Gabriella le répétait tout le temps quand elle encaissait ses mandats au bureau de poste et elle se demandait quand viendrait hélas ce jour.

— Mais elles n'ont jamais rien su de cet Ernesto ? » lui demanda Iacopo.

— Elles savaient seulement que leur histoire était la même que celle de beaucoup d'autres femmes du quartier, qui avaient eu un enfant de lui, et qui étaient entretenues pour cette raison. »

Il n'y avait plus de doute : Ernesto était certainement le faux prénom que son père avait utilisé pour se faire reconnaître et identifier.

« Tu vois, poursuivit Mila, les enfants d'une putain

passent toute leur vie en pensant à leur père. Pas comme ceux qui ne le connaissent pas parce qu'il s'est enfui ou qu'il a quitté leur mère. Même s'ils ne l'ont jamais vu, eux savent qu'il existe, qu'il a un visage, un corps dont leur mère au moins se souvient, avec haine ou avec amour, peu importe.

« Nous seuls sommes vraiment orphelins. Notre père n'existe pas et nous ne sommes rien pour lui, pas même le regret d'un instant, car il ne sait même pas que nous existons. Nous sommes seulement les enfants de nos mères. »

Elle se tourna vers les yeux de Iacopo.

« Tu comprends pourquoi, ici, tout le monde envie les enfants d'Ernesto ? Pas pour l'argent, mais parce qu'ils pouvaient dire qu'ils avaient un père en chair et en os. Lointain et inconnu, mais quand même *un père.* »

Elle rit.

« Et puis, Ernesto a toujours dit, à toutes, qu'un jour quelqu'un viendrait pour reconnaître ses enfants. Et c'est toi ! Il n'y a pas de doute ! »

Iacopo ne savait plus comment s'en sortir. Il devait poser d'autres questions, pour ne pas parler, songea-t-il.

« Mais combien étaient-ils, les enfants de cet Ernesto ?

— Personne ne l'a jamais su, mais toi si, certainement, vu que tu es notaire, et que tu es venu jusque-là pour l'héritage, avec un cartable plein de papiers. »

Mon Dieu ! Son cartable !

Il l'avait laissé dans la chambre de Mila avec les dossiers, des fascicules et surtout le cahier de son père avec les prénoms et les preuves. Dans cette maison tout était ouvert, et d'autres clients ou même des voleurs avaient pu entrer comme lui.

« Nous devons rentrer tout de suite pour le prendre, dit-il d'un ton sévère. Il y a des papiers confidentiels de l'étude.

— Tout de suite, maître. Mais soyez tranquille, on ne vole pas dans la maison d'un voleur... »

Ils arrivèrent en quelques pas. Le cartable était encore dans l'entrée.

Mila courut vers Gabriella :

« Grand-mère ! Grand-mère ! Ce monsieur est venu pour l'héritage d'Ernesto. C'est lui qui l'a envoyé. »

La vieille femme ne bougea pas, assise sur son fauteuil, les yeux fermés. Mila s'accroupit sur le sol, à côté d'elle, et étreignit ses jambes, posant la tête sur son ventre : « ...Tu avais raison, quand tu disais qu'il viendrait tôt ou tard. »

Iacopo pensa que désormais ce n'était plus la peine de nier ou d'inventer des histoires. Il devait se montrer prêt à accepter l'idée qu'Ernesto était son client, sans avoir besoin de dire que c'était son père, et ainsi chercher une piste pour trouver les autres enfants.

« Un instant de calme, je vous en prie, dit-il en tenant fermement la poignée du cartable qui lui avait fait reprendre un air professionnel. J'ai besoin d'être certain qu'Ernesto était le prénom avec lequel mon client s'est fait reconnaître par vous. »

Mila se leva et dit :

« C'était lui. Viens avec moi, je sais qui peut dissiper tous tes doutes. »

Elle caressa les cheveux de Gabriella et l'embrassa sur une joue, en lui murmurant : « … Le papa d'Anna est revenu. »

Puis elle prit la main de Iacopo et l'entraîna vers la porte.

Ils traversèrent une place et elle le conduisit vers une église qui faisait face à un palais seigneurial avec des portiques, ils s'engagèrent dans une ruelle très étroite qui tournait à angle droit et débouchèrent sur une toute petite place où un atelier de réparation automobile occupait une autre église déconsacrée.

Ils entrèrent dans un magasin de brocante. Le local était plein d'objets posés sur le sol, sur des étagères, des montagnes de choses entassées jusqu'au plafond. Il y avait des tableaux, de la vaisselle, des meubles, des livres, des vases de toutes les tailles, des vestes, des horloges, des lampes, des statues, des bijoux.

Au fond, dans la pénombre, celui qui devait être le propriétaire du magasin discutait avec une femme, sans doute une cliente, qui disait :

« Je ne peux pas vous donner davantage. »

L'homme frappa du poing sur le comptoir :

« Vendu. Mais ce n'est pas beaucoup et je ne devrais pas vous la vendre », répondit-il en enveloppant dans du papier journal une pendule de table dorée, aux mécanismes apparents sous une cloche de verre.

La femme paya, après avoir cherché nerveusement des pièces dans son sac à main. Elle les ajouta à deux billets et se retourna pour sortir. Quand elle s'aperçut que Iacopo et Mila attendaient debout derrière, elle les regarda en haussant les sourcils et indiqua d'un signe de tête le propriétaire des lieux, comme pour signifier qu'avec lui, il fallait beaucoup de patience.

La voix lumineuse de Mila coupa la pénombre du magasin :

« *Ciao* Nivardo ! »

Sans répondre, l'homme se laissa tomber sur une chaise basse et se mit à sangloter en se tenant la tête entre les mains.

Il pleurait comme un enfant, désespéré et seul.

Mila regarda Iacopo et murmura dans son oreille :

« Ne t'inquiète pas, il fait toujours comme ça quand il vend quelque chose. »

Elle s'approcha et posa une main sur sa tête :

« Courage Nivardo, elle n'était même pas belle. Je vais appeler Fernanda.

Elle fit signe à Iacopo d'attendre et disparut derrière une porte qui donnait sur un escalier raide.

À côté de l'homme il y avait un mannequin sans bras avec un chapeau posé sur le cou et une série de colliers qui pendaient sur sa poitrine. Derrière, un grand tableau sombre représentant une bataille équestre et un vase de fer forgé, plein de parapluies noirs. Sur une échelle, quelques disques et une radio anglaise.

L'homme continuait à pleurer, en murmurant des phrases à voix basse. Il répétait « … Je n'aurais pas dû », ou quelque chose de ce genre.

Dans l'escalier on entendit une voix féminine qui

jurait. Mila rit, et une femme, petite, apparut sur le pas de la porte, avec un tablier de cuisine à fleurs :

« Encore une fois ? Tu es vraiment un vieil idiot, dit-elle au pauvre Nivardo, en lui donnant une taloche sur la tête : Tu veux nous faire mourir de faim ? »

Elle se tourna vers Iacopo :

« Excusez-moi, monsieur. Mon mari est un pauvre idiot. »

Elle essuya sa main droite sur son tablier et poursuivit :

« Il a toujours détesté vendre les objets. Mais en vieillissant c'est pire encore et il pleure. »

Elle le désigna d'un signe de la tête et reprit :

« Mais comment peut-on faire ce travail si on est malheureux chaque fois qu'on arrive à vendre une horreur ? »

Puis elle leva le bras comme pour le frapper :

« Tu aurais dû être croque-mort puisque les gens ne t'intéressent pas... »

Nivardo sortit de la poche de son pantalon un mouchoir avec lequel il avait dû essuyer tous les objets du magasin, sécha ses larmes et dit :

« Je peux vous aider ? Que recherchez-vous ?

— Cette fois, tu as de la chance, nous ne voulons rien acheter. Nous avons besoin d'aide pour un état civil. »

L'homme plissa les sourcils, faisant face à Iacopo, plus perplexe que lui.

Mila comprit et ajouta aussitôt :

« Ne t'inquiète pas. C'est un notaire envoyé par Ernesto. »

Nivardo regarda Fernanda, l'air dubitatif.

« Ça suffit, idiot, dit-elle. Mila se porte garante. Emmène-les là-haut. »

L'homme se leva et leur fit signe de le suivre.

Ils prirent la porte de l'escalier, montèrent au premier étage, entrèrent dans la cuisine. Sur le feu, quelque chose bouillait dans une marmite et on sentait une délicieuse odeur de *pasta e fagioli*. Par terre, un chien dormait, couché sur le flanc.

Dans un angle de la cuisine, devant un mur blanchi à la chaux éclairé par un faisceau de lumière très blanche, qui entrait de biais par une fenêtre à petits carreaux, une femme versait du lait avec une cruche. Elle ne leva pas les yeux vers eux. Continuant à fixer le filet de lait qui coulait dans un plat de terre cuite posé sur la table, entre une corbeille d'osier et du pain en tranches. La lumière de la fenêtre l'illuminait elle aussi, avec sa coiffe blanche sur la tête, et son corsage jaune qui contrastait avec le bleu intense d'un grand tablier.

« Attention à la tête », dit Nivardo en montrant le chambranle d'une petite porte qui ouvrait sur un autre escalier, court, raide et étroit. « Allez, vite. »

Ils montèrent en s'accrochant à la rampe pour ne pas tomber. Ils débouchèrent dans une grande pièce éclairée par une lucarne et divisée en trois couloirs étroits par des rangées de bibliothèques, pleines d'énormes volumes, qui la traversaient.

On se croirait à l'état civil, songea Iacopo.

« Papa », appela Nivardo d'une voix forte.

On entendit une autre voix, de l'autre côté des étagères.

« Qu'est-ce qu'il y a ? »

Iacopo regarda Mila qui posa un doigt sur sa bouche, en murmurant avec solennité :

« … C'est Vincente. »

Ils s'engagèrent dans l'un des couloirs, en resserrant les épaules tant le passage était étroit, et ressortirent de l'autre côté des rayonnages, dans un espace plus large, devant un bureau derrière lequel était assis un vieil homme.

Vincente était penché sur un énorme livre, avec une loupe pour aider sa lecture. À côté de lui, une tasse salie de café au lait et un morceau de pain mordu.

Iacopo vit qu'il avait laissé ses chaussures sous sa chaise et avait posé ses pieds nus sur les lattes du parquet.

J'ai toujours eu envie d'en faire autant, songea Iacopo.

« Cette dame et ce monsieur ont besoin de l'état civil » dit Nivardo.

Puis il se tourna vers Mila et ajouta :

« Refermez bien la porte quand vous descendrez. Je dois retourner au magasin. »

Ils s'approchèrent du bureau, mais le vieil homme leur fit signe d'attendre, en levant un bras en l'air.

Il resta un moment immobile dans cette position et ils sentirent qu'ils devaient même retenir leur respiration, figés par l'autorité du geste.

Il baissa lentement son bras et commença à lire d'une voix qui semblait monter d'un gouffre sous la terre :

Qui enferma la mer à deux battants,
Quand elle sortit du sein, bondissante ;
Quand je mis sur elle une nuée pour vêtement
Et fis des nuages sombres ses langes ;
Quand je découpai pour elle sa limite
Et plaçai portes et verrou ?
« Tu n'iras pas plus loin lui dis-je,
Ici se brisera l'orgueil de tes flots ! »

Il ferma doucement le grand livre, posa sa loupe sur le bureau et leva la tête.

Il était maigre, avec des pommettes qui semblaient sculptées dans l'os, tout comme ses arcades sourcilières et son long nez. Les rares cheveux qui lui restaient étaient plaqués vers l'arrière de son vaste front, tandis que son visage portait les restes d'une barbe qui avait dû être rouge comme le feu.

Il les examina lentement de la tête aux pieds. Il avait les yeux bleus et le regard halluciné.

Puis il se détourna et, en marchant péniblement, se dirigea vers la petite chambre qu'on apercevait derrière une porte restée ouverte. Sur la droite, un haut lit étroit en bois clair, une couverture rouge et deux petits oreillers blancs. Au fond, une fenêtre entrouverte, et sur les murs, un miroir, des tableaux, un torchon accroché et des vêtements suspendus à un porte-manteau. Sur les longues lames de bois du parquet, deux chaises paillées et une petite table, sur laquelle étaient posés un verre, une cruche et une bouteille, bleue elle aussi.

Vincente y entra, se versa un verre d'eau et s'assit

entre la fenêtre et le lit. Il but tranquillement, se releva et, marchant avec peine, revint à son bureau.

« Qui cherchez-vous ? demanda-t-il.

— Ce monsieur s'appelle Dalla Libera. C'est un notaire qui cherche la fille d'un de ses clients, pour un héritage », répondit Mila.

Le vieil homme la fit taire, ouvrit un tiroir de son bureau, prit une feuille blanche, la posa devant Iacopo et dit : « Si vous voulez faire des recherches, mettez votre main ici et répondez "je le jure" à mes questions. »

Iacopo hésita, se demandant dans quelle sorte d'endroit l'avait amené Mila, mais elle lui prit la main et la posa sur la feuille.

Le vieil homme reprit de sa voix caverneuse :

« Je jure que je ne révélerai à personne l'existence de cet état civil. »

Iacopo songea à la tête qu'auraient faite ses collègues en le voyant dans cette situation, mais il dit :

« Je le jure. »

Le vieil homme remit la feuille dans le tiroir et regarda Mila :

« Maintenant, tu peux continuer à parler.

— Je disais que c'est un notaire d'une autre ville. Il est venu chez moi parce qu'on l'a chargé de trouver la fille qu'un de ses clients a eue, il y a des années de cela, avec Gabriella Forlani. »

Elle passa sa main sur sa bouche, comme pour masquer une hésitation, puis continua, sur un ton différent :

« … C'est Ernesto qui l'envoie, le père d'Anna. »

Le vieil homme laissa tomber sa tête en arrière et resta

immobile, les yeux fermés levés vers le plafond, pendant un temps que Iacopo trouva infini. Puis il fit grincer les pieds de la chaise sur les lames du plancher et se leva.

Il vacillait, mais se tenait fermement au bord du bureau, avec ses mains maigres, marquées de veines puissantes.

Il fixa Iacopo en écarquillant ses yeux bleus :

« J'espère que c'est vrai, jeune homme. J'ai toujours espéré que ce moment arriverait avant ma mort. »

Il montra d'une main tremblante les volumes sur les étagères autour de lui.

« Tu sais où tu es maintenant ? » demanda-t-il d'un ton sévère.

De la tête, Iacopo fit signe que non.

« Tu vois, là-dedans il y a les histoires secrètes et vraies de quantité de pauvres gens qui ont passé leur vie à se cacher : voleurs, ratés, amants, prêtres défroqués, enfants illégitimes, putains, prisonniers. Depuis des décennies je garde dans ce lieu les vérités qui ne peuvent pas figurer dans des documents officiels : la société ne les supporterait pas, alors elles sont effacées, oubliées à jamais. Ici, depuis des années et des années, arrivent des gens qui ne veulent pas mourir en gardant un secret et apportent une lettre, une photo, un certificat. Il y a des mères qui viennent déposer le nom des vrais pères de leurs enfants, des enfants qui viennent chercher des pères, des frères, des sœurs. »

Il toussa longuement. En se penchant en avant :

« Ce sont souvent des histoires si absurdes qu'elles

semblent incroyables. Mais aucune ne l'est autant que celle d'Ernesto. »

Vincente Fortini se redressa et dit solennellement :

« L'histoire des cinquante-trois mères et des cinquante-trois enfants. »

Iacopo sentit sa tête tourner, et retrouva, très fort, le parfum de sa mère jeune, quand ils allaient au parc le dimanche matin.

Il avait dit *cinquante-trois*, ils savaient donc aussi pour lui ?

Le vieil homme se retourna et, traînant les pieds avec peine, marcha jusqu'à une étagère près de la petite porte. Il prit un dossier en carton rougeâtre, souffla la poussière de la couverture et revint vers son bureau.

Sur une étiquette était écrit *Ernesto*.

« Asseyez-vous, dit-il. Nous avons du travail. »

« Maintenant vous devez me prouver que votre client est bien Ernesto », dit le vieil homme, tout en nettoyant d'une main la couverture du fascicule.

« En vérité, protesta Iacopo, je ne sais rien de cet Ernesto, hormis ce que m'a dit cette jeune femme. Je cherchais seulement la fille de Mme Gabriella Forlani, à la demande d'un de mes clients qui pense être son père. »

« Mais alors Ernesto n'est pas mort, il est vivant ! l'interrompit Mila. Pourquoi m'as-tu parlé d'héritage s'il est encore de ce monde ?

— Parce qu'il y aura bel et bien un héritage, très vite j'en ai peur, et j'ai été chargé d'établir combien sont les descendants vivants et identifiables. »

Le vieil homme le regarda attentivement : « Et combien d'enfants aurait eu votre client ? »

Iacopo comprit que s'il disait le nombre, tout doute sur l'identité de son père et d'Ernesto disparaîtrait. Il pouvait mentir, mais, au fond, dans le fascicule devant lui il y avait déjà les histoires et les prénoms des cinquante-deux enfants. Et dire qu'il avait imaginé qu'il lui faudrait des mois de recherche, craignant même que son père ne puisse pas attendre aussi longtemps. Puis il songea à toutes ces pauvres mères qui désiraient ce moment depuis des années. Il les imaginait, montant une par une les escaliers étroits, pour arriver chez le vieil homme, frêles et craintives, un fichu noir noué sur la tête et dans leur poche les feuillets jaunis de leur histoire avec Ernesto.

Il regarda au fond des yeux du vieil homme :

« Cinquante-trois. Cinquante-trois enfants. »

Il le dit très lentement, comme s'il en était fier maintenant.

Il se tourna vers Mila et vit qu'elle pleurait, couvrant sa bouche d'une main. Mais ses yeux brillaient de joie.

Le vieil homme soupira.

« Mon enfant, ça, c'est le nombre que je viens de te dire. Est-ce que tu peux me prouver ce que tu dis ? »

Il avait décidé de dire la vérité sur le nombre mais pas le nom de son père. Il se serait découvert trop vite, et surtout, il aurait révélé qu'il était son fils.

Il feuilleta mentalement les pages du cahier et fut certain qu'il contenait les prénoms de toutes les femmes mais pas celui de son père.

Alors, il se pencha, ouvrit son cartable et le sortit :

« Voici, il y a là tout ce qu'il faut. »

Mila recommença à sangloter :

« Le cahier noir, mon Dieu, le cahier noir ! »

Vincente ouvrit le fascicule, prit au hasard un des feuillets qui le remplissaient et le donna à Iacopo.

Il était couvert d'une écriture incertaine, pleine de ratures, pauvre et noble d'esprit, comme celle qu'il avait vue si souvent sur les testaments olographes des gens de la campagne.

Je suis Natalina Buzzoni fille d'Uber et Euridice Fergnani.

Je déclare que mon fils Edmo est né d'un rapport avec M. Ernesto, dont je ne connais pas le nom, qui a veillé par des mandats postaux à son entretien jusqu'à son embauche comme ouvrier qualifié par l'usine mécanique Caselli.

M. Ernesto s'est engagé, par une promesse solennelle qu'il m'a faite, à reconnaître avant sa mort mon fils Edmo comme son fils.

Cela se ferait par son intermédiaire ou celui d'un homme qui se présenterait à moi ou à mon fils avec à la main un cahier noir, sur lequel seraient inscrits tous nos prénoms.

Sur l'honneur

Natalina Buzzoni
Via Vignatagliata 31

Le vieil homme attendit que Iacopo finisse de lire, puis il dit :

« Ernesto ne savait rien de l'existence de cet endroit et ne pouvait donc pas imaginer que les mères ou les enfants seraient venus là pour confier leurs histoires et qu'il aurait pu y venir lui aussi pour les retrouver. C'est pourquoi il dit à chacune des femmes que, s'il ne revenait pas, un jour un homme arriverait chez elles avec à la main un cahier noir contenant les éléments nécessaires à la reconnaissance. »

Il tendit la main pour reprendre la lettre et poursuivit :

« Et maintenant, monsieur le notaire, vérifiez s'il y a bien là-dedans Natalina et Edmo Buzzoni. »

Ils y étaient.

Leurs prénoms, la date de naissance, les montants de seize ans de versements et la même adresse.

Iacopo montra la page au vieil homme, puis il demanda :

« Monsieur Fortini, pouvez-vous savoir si ces personnes sont vivantes et où elles habitent actuellement ?

— Ils viennent presque tous signaler leur changement de résidence, les décès, les détentions, les cohabitations qui commencent et celles qui finissent. Mais c'est un choix qu'ils font en toute liberté, sans aucune obligation. »

Une pointe d'ironie et de fierté perçait maintenant dans sa voix :

« D'ailleurs, cher maître, dites-moi combien il y a d'omissions dans vos conservations, vos cadastres ? Combien de vérités cachez-vous ou feignez-vous de ne pas voir ? Combien de mensonges régulièrement transcrits *dans le plein respect de la loi* ? »

Il avait raison. Iacopo songea à toutes les personnes, parmi les plus importantes de la ville, qui montaient dans la chambre de son père et s'asseyaient à côté du lit pour recueillir les précieuses perles de sagesse d'un homme intègre et sage, comme l'illustre notaire Ippolito Dalla Libera, veuf inconsolable. Et lui, grand putassier, dispensait des avis et des conseils avec beaucoup de bon sens et une grande générosité.

« Vous voulez que nous poursuivions ? demanda le vieil homme.

— Bien sûr, dites-moi le prénom qui suit, et je le chercherai dans le cahier », répondit Iacopo.

Vincente Fortini prit une feuille blanche et la tendit à Mila en disant :

« Tu écris là le prénom de l'enfant et de la mère, la date de naissance et la dernière adresse connue. Commence par le premier, celui que nous venons de voir, en écrivant comme ça : Edmo Buzzoni fils de Natalina, né le 20 avril... résidant à Ferrare, via Vignatagliata 31. »

Puis il fit lentement tourner sa tête, comme quelqu'un qui se prépare à un long travail de lecture, fouilla dans son dossier et prit la première lettre du paquet :

« Moschina Turazzi. »

Iacopo commença à feuilleter le cahier, parcourant rapidement les prénoms soulignés en haut de chaque page. Il s'arrêta et dit :

« Voilà : Moschina Turazzi, un enfant prénommé Nadir. J'ai aussi une adresse à Plaisance. »

Le vieil homme baissa les yeux sur la lettre et confirma :

« Tout est là, lisez. »

La soussignée Moschina Turazzi, fille de Giulio, déclare que son second enfant Nadir est le fils de M. Ernesto qui a veillé à son entretien jusqu'au mois d'avril dernier.

M. Ernesto m'a donné sa parole d'honneur qu'il recon-

naîtra légalement Nadir sitôt que cela lui sera possible et que si je disparaissais auparavant, il pourrait être reconnu lui ou quiconque se présentera en son nom, grâce à un cahier noir contenant notre histoire et les preuves de paternité.

C'est pourquoi je dépose ce document.

Nadir ressemble physiquement beaucoup à son père, qu'il n'a jamais vu, et, en particulier, comme lui, il parle en dormant d'une femme appelée Solidea, dont tous les deux, une fois réveillés, déclarent ne jamais avoir entendu parler.

Moschina Turazzi
Via Cavour 12
Plaisance

Iacopo sentit un frisson lui parcourir le dos, à la pensée du nombre de fois où sa femme lui avait reproché, au début de leur mariage, de prononcer dans son sommeil le prénom d'une femme.

La voix du vieil homme interrompit ses pensées : « Mila, c'est écrit ? »

Elle fit signe que oui et Iacopo vit sa petite écriture imprimée sur le revers du rouleau de papier buvard qu'elle passait sur la feuille.

« Poursuivons, alors. En voici une autre :

Je suis Unica Bottardi, fille de Maria Banzi et d'un père inconnu. Ma mère est morte quelques heures après ma naissance, mais avant de s'en aller, elle a demandé à la famille Bottardi de m'accueillir comme sa fille, elle qui avait déjà sept fils. Elle leur dit qu'un jour, un certain Ernesto se présenterait pour me reconnaître comme sa fille légitime et que ce même homme m'entretiendrait jusqu'à ma majorité ou mon mariage par un versement postal. Mais Steno Bottardi lui dit qu'il n'y en avait pas besoin car j'allais devenir sa seule fille et qu'il me reconnaîtrait comme telle. J'ai donc vécu heureuse sans connaître l'histoire de mes vrais parents et c'est seulement des années plus tard que l'aîné de mes frères, avant de partir pour un voyage dont il ne devait pas revenir, m'a raconté l'histoire de ma vraie mère et m'a dit de venir chez vous pour laisser le récit écrit de mon histoire, ce qui me permettrait peut-être de retrouver mon père.

Unica Bottardi
Via dell'Argine 6
Cantarana

« Bien, nous sommes à trois, dit Vincente en reprenant la lettre.

— À quatre avec Gabriella Forlani, corrigea Iacopo, mais cette histoire nous la connaissons déjà.

— Excuse-moi, intervint Mila d'une voix hésitante, j'aimerais tellement pouvoir lire la lettre de Gabriella… »

Vincente Fortini chercha parmi les feuillets du dossier, il en prit un et le passa à Mila en disant :

« Voilà, mais elle est d'Anna, sa fille. »

Mila entendit son rire, elle prit la lettre d'une main tremblante, essaya de la lire mais un sanglot bloquait sa voix, et elle la passa à Iacopo :

« Lis-la, s'il te plaît. Moi, je n'y arrive pas. »

Je suis Anna Forlani, fille de Gabriella Forlani et d'un de ses clients qui m'a conçue au cours d'une belle séance de baise et qui a pensé ensuite apaiser sa conscience en envoyant chaque mois quatre sous pour m'entretenir, à condition que ne soit jamais levé l'anonymat de son beau faux prénom, Ernesto.

Je dépose cette lettre par amour pour ma mère qui a passé sa vie à attendre le jour où un homme avec un cahier noir (c'est ce qu'il a dit) viendrait me reconnaître comme sa fille.

Je suis mourante et ne verrai donc jamais mon père. Je l'ai imaginé mille fois dans mes rêves d'enfant et dans ma rage d'adolescente. Grand, avec un long manteau et des mains soignées.

Pourquoi, lui demanderais-je, n'as-tu pas disparu pour toujours, comme le font tous ceux qui engrossent une pauvre putain, la laissant seule, comme une guenille abandonnée dans l'évier ? Pourquoi as-tu fait vieillir ma mère avec l'illusion que sa fille pourrait avoir un père ? Pourquoi m'as-tu contrainte à imaginer chaque nuit ton visage, ta voix, tes yeux, que je ne verrai jamais ?

M'as-tu imaginée une seule fois, en te regardant dans la glace, en ouvrant les volets le matin, en marchant seul dans la rue ? Ne ressentais-tu jamais, où que tu sois dans le monde, mon envie d'enfant de t'appeler près de mon lit, le soir, pour chasser ma peur du noir ?

Je quitte ce monde. Je laisse ma mère et une enfant très douce, comme si c'était ma petite sœur.

Voilà, si jamais tu existes, si tu reviens vraiment, prends

Mila comme fille. Prends-la à ma place, car je n'ai pas pu t'attendre.

Anna Forlani
Gabriella Forlani
Mila Rubini
Via Coperta 41

Iacopo écouta le long silence après sa voix.

Puis il se tourna vers Mila et la vit qui regardait le vide, immobile, sans pleurer.

Elle n'était pas là. Elle était loin, très loin.

Ils passèrent un peu plus de quatre heures à recouper les données du fascicule du vieil homme avec celles du cahier.

Chaque chose, chaque prénom, chaque date. Tout coïncidait parfaitement et la seconde vie d'Ippolito Dalla Libera se reconstituait, pièce par pièce, sous les yeux de Iacopo.

Chaque lettre contenait un fragment de la folie de son père, mais on ne trouvait nulle part de trace compréhensible de la raison pour laquelle il avait choisi de semer des enfants dans le monde, comme un chien errant.

Maintenant Iacopo avait des frères et des sœurs.

Menuisiers, plombiers, voleurs, couturières, prostituées, prisonniers, restés à Ferrare ou partis vivre quelque part en Italie, au gré des errances de leurs mères d'un bordel à l'autre, de ville en ville. En lisant les lettres, il lui semblait entendre leurs voix ou voir leurs visages, les pièces misérables où ils avaient vécu, les odeurs lourdes, les mains poisseuses sur les corps vendus de ces pauvres femmes, si fières de leurs enfants, gardés comme des bijoux précieux pour le jour magique où ils auraient enfin un père.

Et parmi eux, il y avait Mila, parce qu'Anna l'avait voulu ainsi.

Il était bouleversé.

Pour elle et pour le vieil homme, il était encore seulement un notaire chargé de trouver les héritiers d'un de ses clients. Mais ils étaient maintenant à la fin du cahier et avaient déjà reconstruit les histoires de vingt-neuf garçons et vingt-trois filles, y compris les quatre qui étaient morts.

Il manquait le cinquante-troisième prénom.

Le sien.

Il se sentait le souffle court et la gorge sèche.

Il allongea la main vers la carafe d'eau que le vieil homme avait apportée de sa chambre, mais ne fit qu'un geste maladroit et la renversa.

« Attention ! Ce sont des romans ! » dit Vincente en levant le bras.

Il déplaça certains livres qui occupaient la table et répéta :

« Attention, Iacopo, je n'ai compris que sur le tard que si l'eau mouille les pages d'un livre, elle en change inexorablement la trame. »

Il fourra une main dans la poche de son pantalon, chercha longuement, comme s'il n'arrivait pas à en sortir ce qu'il voulait, puis en tira un mouchoir, sale et froissé, et commença à essuyer la table.

« Je suis désolé, dit Iacopo.

— Ça ne fait rien », répondit Vincente. Puis il regarda Mila, qui faisait mine de recopier sur la feuille le dernier prénom et l'adresse correspondante.

« À combien en sommes-nous ? demanda-t-il.

— À cinquante-deux, répondit-elle. Il nous manque le dernier. »

Iacopo ferma le cahier, qui ne contenait pas d'autres prénoms.

Il regarda Mila, puis Vincente, et enfin le vide devant lui et dit :

« Le dernier, c'est moi, Iacopo Dalla Libera, fils d'Ippolito Dalla Libera, notaire. »

Il baissa la tête et ajouta :

« Ippolito… dit Ernesto. »

Il se sentait soulagé d'un grand poids, il avait l'impression d'être à l'endroit le mieux adapté à sa nouvelle vie, celle qui avait commencé la veille.

Mila avait couvert son visage de ses mains et répétait : « Tu es le frère d'Anna, tu es le frère d'Anna… »

Vincente Fortini resta immobile à les regarder. Puis il ouvrit le dossier, pencha la tête et se mit à lire en silence.

Quelques instants plus tard, il en sortit une feuille et leva les yeux :

« Je regrette, mais j'ai ici la cinquante-troisième déclaration. Et il ne s'agit pas de vous, qui à l'évidence n'êtes pas ici en tant qu'enfant légitime. »

Il s'éclaircit la voix et commença à lire :

La soussignée Ginisca Fornasari déclare avoir remis sa fille Albina à son père, Ernesto, sept jours après sa naissance.

Cela s'est produit conformément à l'accord intervenu entre nous avant la conception, qui prévoyait la remise du nouveau-né à un couple d'amis du susnommé, M. Ernesto, afin qu'ils puissent le présenter comme leur enfant légitime au terme d'une grossesse simulée.

Les conditions posées par moi, et dont il me semble qu'elles ont été respectées, prévoyaient que la fillette conserve le prénom d'Albina et que je sois informée, sous le sceau du secret, du lieu de résidence et du nom de ses parents légaux.

M. Ernesto m'a informée par la suite que notre fille vivait à Trecenta et avait pris le nom de son père, Vittorio Tedeschi, avocat.

Iacopo se sentit emporté dans le tourbillon d'un fleuve en crue.

Une nausée soudaine lui noua l'estomac. Il voulait s'accrocher à quelque chose mais tout tournait autour de lui. Il voulait revenir en arrière, arrêter le temps, n'avoir jamais entendu prononcer par ce vieil homme ce prénom qui résonnait, sinistre, dans sa tête.

Albina Tedeschi, le nom de sa femme.

« Maître Dalla Libera, tout va bien ? »

Il reprit conscience en entendant la voix du vieil homme qui s'adressait à lui, inquiet. Puis il sentit la chaleur des mains de Mila qui le caressaient, écartant les cheveux de son front.

Sa tête continuait à tourner.

Il décida de se contenter de répondre par un signe des doigts, pour rester encore un peu les yeux fermés sans devoir s'expliquer tout de suite.

Sa main effleura les planches de bois et il comprit qu'il s'était évanoui et qu'il était étendu sur le parquet.

Il lui sembla se voir de l'extérieur, du bout de la pièce, par-delà ses pieds. Il s'imaginait nu, à peine couvert, sur le ventre et les jambes, par un linge de la couleur de sa peau qui ne laissait visible que la plante de ses pieds, transpercée par un clou, comme le dos de ses mains posées le long de son buste déjà glacé. À sa droite, trois visages le regardaient en pleurant. Deux femmes, sans doute sa mère et son épouse, et un homme, peut-être son père.

Son père, en effet.

Comment avait-il pu lui faire une chose pareille ? Comment avait-il pu lui faire épouser sa sœur, sa demi-sœur, mais néanmoins du même sang, par le mensonge et l'intrigue ? Il n'était pas seulement le fils d'un hypocrite, faux, menteur, sans scrupule, mais du diable en personne, de l'aberration faite homme.

Il revoyait sa vie sous un jour différent. Le travail de patience de son père, insistant et persuasif, pour lui faire fréquenter la fille de son vieil ami, l'avocat Tedeschi. Ses efforts pour le convaincre qu'Albina était faite pour lui, qu'elle le soutiendrait avec dévotion dans son métier et dans sa carrière, et aussi avec la maturité nécessaire que lui conféraient quelques années de plus que lui.

Mais pourquoi ? Quelle maladie mentale avait pu le pousser à souhaiter l'union de deux de ses enfants ? Et si elle n'avait pas eu ce problème de fertilité ? S'ils avaient procréé ? Si des monstres étaient nés ?

Bien sûr, Tedeschi ne savait pas, il ne pouvait pas imaginer que cette petite fille que lui avait illégalement procurée son ami, l'illustre notaire, était en réalité la fille que lui-même avait eue avec une putain ! Et puis Tedeschi était un homme normal, et s'il avait su, il n'aurait jamais permis un mariage consanguin, entre frère et sœur. Mon Dieu, il ne devait pas être si normal que cela lui non plus, s'ils avaient simulé une grossesse pour se procurer un enfant. Assez. Sa tête éclatait. Il lui semblait que le monde était devenu fou et se présentait soudain à ses yeux plein d'obscurité et de lumières aveuglantes, totalement différent du monde tranquille qu'il avait connu jusque-là.

Il ouvrit les yeux.

Il devait dire quelque chose.

Il prit appui sur ses bras pour s'asseoir sur le parquet.

« Ce n'est rien. Un malaise dû à la fatigue. »

Mila lui versa un peu d'eau qu'il but d'un trait, puis il s'accrocha au bureau pour se relever :

« Excusez-moi, je vais bien maintenant. »

Le vieil homme était revenu s'asseoir au bureau et relisait attentivement la dernière lettre :

« Nous n'avons pas l'adresse de cette Albina et c'est aussi le seul cas où on ne parle pas du cahier noir et de la reconnaissance, sans doute parce qu'elle est aux yeux de tous la fille légitime de cet avocat Tedeschi, et Ernesto ne veut rien changer. »

Iacopo pensa que c'était l'occasion d'éviter de creuser davantage le cas de son épouse. Il dit qu'il n'y avait rien non plus dans le cahier, qu'il avait recommencé à feuilleter, et le referma avant que Mila puisse voir les traces évidentes de la page arrachée :

« C'est certainement ça. Et nous ne pouvons bien sûr pas gâcher la vie de cette femme qui est convaincue d'être la fille légitime de ses parents adoptifs. »

Le vieil homme continuait à réfléchir en silence et Iacopo se demanda comment le distraire de ses pensées. Il se dit qu'il avait maintenant révélé son identité et celle d'Ernesto, et qu'il pouvait donc expliquer aussi que son rôle n'était pas seulement d'attribuer des parts d'héritage.

Peut-être, si Vincente savait tout, l'aiderait-il à retrouver tous les enfants pour les amener chez son père.

Il mit le cahier dans son cartable et dit :

« Mon père n'a jamais vu aucun de ses enfants. »

Il se sentait les jambes vides et craignait de s'évanouir à nouveau, alors il regarda par la fenêtre les tuiles des toits et il lui sembla sentir sur son visage l'air frais qu'il devait y avoir là-haut.

« Il est malade et il m'a demandé de les lui amener avant sa mort. »

Il sentit derrière lui le regard de Mila qui interrogeait le vieil homme, il appuya ses mains sur ses genoux et ajouta :

« … Pouvez-vous m'aider ? »

Vincente Fortini resta immobile, ses yeux bleus perdus dans le vide.

« As-tu jamais rêvé à la pluie ? » lui demanda-t-il de sa voix caverneuse.

Iacopo répondit, après une longue pause de silence :

« Non, jamais.

— … Moi non plus », murmura Mila.

Le vieil homme hocha lentement la tête et dit en le fixant :

« Je trouverai tes frères et sœurs. »

Puis il se leva, les accompagna vers l'escalier par lequel ils étaient montés, par-delà les bibliothèques, et dit à Iacopo, en lui posant une main sur l'épaule :

« Apprends à sourire, fiston. »

Iacopo se tourna vers Mila comme pour lui demander

une confirmation et, elle, en plissant malicieusement le nez, lui signifia qu'elle était d'accord.

Ils descendirent l'escalier en se tenant fermement à la rampe pour ne pas glisser sur les marches raides et étroites.

C'était vrai. Il ne souriait jamais.

La concierge le lui disait aussi quand il était enfant : « Iacopo, un sourire ! On dirait que tu es en colère », mais il avait appris avec ses parents à être toujours sérieux, et au fil du temps, cette austérité était devenue parfaite pour sa profession. Entre les successions, les dettes, les ventes, les hypothèques, il donnait une impression d'autorité et de prestance, autrement plus convaincante que l'attitude de ses collègues qui riaient sans retenue et s'habillaient n'importe comment. Et puis sa dignité l'avait aidé à s'imposer pour ses compétences, et pas seulement comme le dernier héritier d'une importante famille de notaires.

La voix de Mila interrompit ses pensées : « Ne t'inquiète pas trop, Iacopo. Vincente me fera prévenir dès qu'il apprendra quelque chose. »

Ils ouvrirent la porte en bas de l'escalier et entrèrent dans la cuisine.

Le chien s'était réveillé et agitait la queue, en regardant sa maîtresse tourner une louche dans la marmite noire qui bouillait sur le feu.

« Vous avez trouvé quelque chose ? demanda la femme sans se retourner.

— Oui, Fernanda, merci. Nous avons trouvé tout ce que nous cherchions, répondit Mila.

— Alors dites à mon idiot de mari d'arrêter de pleurer.

— Il pleure encore ?

— Oui, il a vendu quelque chose pendant que vous étiez là-haut. »

Ils arrivèrent en bas et le virent assis sur un rocking-chair, la tête entre les mains.

Curieux destin, songea Iacopo. Au fond, depuis des années, lui aussi vivait dans l'ombre de son père, enfermé et immobile à l'étage au-dessus.

« Arrête, Nivardo, aujourd'hui est un jour important, dit Mila. Nous avons trouvé Ernesto et c'est son fils. »

L'homme les fixa, immobile, puis il se leva et alla vers Iacopo et l'étreignit longuement, sans rien dire.

Il se tourna, leur fit signe d'attendre et se glissa dans une espèce de couloir étroit et sombre entre deux murs d'objets empilés.

Mila haussa les épaules en regardant Iacopo, comme pour faire comprendre qu'elle ne savait pas où il était parti.

Quelques secondes s'écoulèrent et Nivardo sortit avec un livre à la main :

« Tiens, c'est un cadeau que ton père a fait à une des femmes. »

Iacopo regarda la couverture usagée. Il y avait le titre, sans le nom de l'auteur : *Vers la mer lointaine.*

« C'est un roman sur le fleuve, mais regarde la première page », lui dit-il.

Il l'ouvrit et reconnut l'écriture qu'il avait vue mille fois entre les lignes des feuillets de papier timbré.

À toi
Que j'ai cherchée toute ma vie et qui étais à côté de moi.

« Je l'ai trouvé il y a très longtemps dans une maison que j'ai vidée. Il est à toi maintenant.

— Merci beaucoup, dit Iacopo, mais alors, vous savez à qui s'adresse la dédicace ? »

Nivardo le regarda, sourit et, sans lui répondre, les accompagna jusqu'à la sortie.

Le soir tombait maintenant sur les ruelles de Ferrare et les corniches de brique des palais resplendissaient d'un rouge inédit.

Il n'y a que les Dolomites au coucher du soleil pour avoir de telles couleurs, songea Iacopo.

Cortina, bien sûr.

Depuis combien de temps n'y était-il pas retourné ?

Ils partaient le 1er juillet, la voiture pleine de valises et lui, enfant, écoutait depuis le siège arrière les discours de son père et de sa mère. Ils arrivaient enfin sur le Piave et, chaque fois, son père se mettait à chanter. Iacopo attendait ce moment toute l'année :

Il Piave mormorava calmo e placido al passaggio
Dei primi fanti il ventiquattro maggio[1]*...*

1. « Le Piave murmurait, calme et paisible au passage / Des premiers fantassins le 24 mai... » *La leggenda del Piave*, célèbre chanson de E.A. Mario composée en juin 1918, juste après la victoire

Ils chantaient toujours plus fort jusqu'au final ou sa mère cédait enfin et unissait sa voix à la leur :

Il Piave mormorò :
Non passa lo straniero !
Zum zum[2]

Ils continuaient à monter au fil des virages et lui se sentait tout petit, quand sur sa droite apparaissaient au-dessus d'eux les silhouettes gigantesques de l'Antelao et du Marcora. Cela voulait dire qu'ils arrivaient. C'était San Vito, avec ces odeurs de pain chaud qu'il avait respirées un été où ils avaient loué un appartement au-dessus du four, dans l'avenue principale. Puis enfin, Cortina et Pecol, avec le champ en pente sur lequel il se laissait rouler, la fontaine pleine d'eau glacée devant la porte de la maison, la chemise en laine à damiers. Et les montagnes rosées tout autour de cette vallée infinie.

Il avait donc été heureux.

Pourtant sa vie lui semblait maintenant grise et hostile, comme si tout avait été écrit pour lui par d'autres, chaque instant, chacun de ses choix. Et, tandis qu'il

de l'armée italienne contre les forces austro-hongroises lors de la bataille du Piave. (Toutes les notes sont de la traductrice.)

2. « Le Piave murmura : L'étranger ne passera pas ! / Zoum, zoum. »

jouait avec application et conviction le scénario qu'on lui avait confié, dans les coulisses se déroulait une tout autre histoire, la vraie, celle qu'on lui avait cachée et que tous peut-être connaissaient, sauf lui.

Était-il possible, songeait-il, que sa mère et son épouse aient su et ne lui aient jamais rien dit ?

Non, c'était absurde. Sa mère n'aurait jamais accepté de vivre avec un mari qui allait avec des dizaines de prostituées. Et sa femme, surtout, comment aurait-elle pu accepter d'épouser son demi-frère ?

Bêtises. Elle ne pouvait pas savoir, même si sans doute elle ne lui avait jamais témoigné d'intérêt ni d'affection. Juste les règles d'une cohabitation courtoise. Et même le sexe... Les premiers mois, ils avaient essayé, sans passion, mais avec méthode, et quand le médecin avait dit qu'elle ne pouvait pas avoir d'enfants, ils avaient renoncé, espaçant de plus en plus, comme si c'était une chose sans utilité et donc coupable. C'est certainement ce qu'elle pensait, elle qui, à chaque tentative, restait raide et silencieuse, attendant qu'il ait fini.

Et puis il y avait eu Mila.

Il se tourna pour la regarder.

Elle souriait en shootant dans des cailloux invisibles.

Il se rappela son souffle, ses lèvres, ses jambes qui l'entouraient. Il était impossible de ne pas perdre la tête.

« Que fais-tu ? Tu me regardes comme ça parce que tu veux dormir chez moi ? »

Il s'imagina sur les lits derrière le grand rideau de la chambre, la tête appuyée sur elle qui le coiffait avec ses doigts.

C'était absurde, mais il éprouvait un sentiment de légèreté à se voir là, dans l'alcôve d'une prostituée, tandis que l'idée de rentrer chez lui ne lui inspirait qu'un mélange d'angoisse et de peur. Il n'avait pas envie de retrouver le silence hostile de son épouse, dans l'obscurité de la salle à manger, ni de croiser le regard de son père après la tempête dans laquelle il l'avait jeté.

« Si tu restes, je t'emmène danser à une fête ! »

Iacopo rit, s'imaginant dans une guinguette pleine de voleurs et de putains, mais il sentit en lui un frémissement, peut-être une émotion oubliée, comme lorsque, dans son enfance, il s'apprêtait à faire quelque chose que les grands ne devraient jamais savoir.

« D'accord, dit-il en bombant un peu le torse. Mais il faut me trouver un téléphone pour que j'appelle chez moi.

— Youpi ! cria Mila en sautant de joie. Le notaire découche ! »

Elle le prit par la main et se mit à courir :

« Viens chez Sante, il a le téléphone. »

Ils tournèrent dans une rue étroite et quelques mètres plus loin entrèrent dans un magasin de vélos avec une vitrine pleine de champions de la Salvarani[1]. Au-dessus de la porte, l'inscription *Chisal* et, au-dessous, beaucoup plus petit, de Chinaglia et Salmi.

Accrochées au plafond, des dizaines de bicyclettes, et au-dessous, à gauche et à droite, beaucoup d'autres

1. Célèbre équipe de cyclisme professionnel active entre 1962 et 1972.

encore, posées sur des chevalets. Au fond de l'atelier, un mécanicien travaillait à un vélo accroché aux poutres du toit par deux énormes crochets : il tenait le moyeu arrière et faisait tourner la roue en actionnant une pédale de la main. Tout autour, sur les comptoirs en bois, par terre, ou accrochés aux murs, il y avait des jantes, des guidons, des selles, des dérailleurs, des chambres à air et des pièces de toute sorte. La lumière entrait par une fenêtre sur le toit et éclairait Sante, lui donnant des airs de chirurgien pendant une autopsie dans un amphithéâtre d'anatomie.

« *Ciao* Sante.

— *Ciao* Mila, je suppose que ce monsieur a besoin de téléphoner…

— Bravo ! Comment as-tu deviné ?

— Bonjour, dit le mécanicien en essuyant sa main pleine d'huile sur sa blouse, avant de serrer celle de Iacopo. Je vous en prie. On ne peut pas dire non à Mila. Le téléphone est là, au fond, sur le mur, entre les cartes postales.

— Merci », dit Iacopo. Il prit le combiné, inspira profondément tout en faisant tourner le cadran avec son index, et dès qu'il fut en ligne, il demanda à l'opératrice de lui passer le numéro de chez lui. Quelques secondes s'écoulèrent et il entendit la voix glaciale de son épouse :

« Maison Dalla Libera, qui est à l'appareil ? »

Iacopo fit écran avec sa main pour ne pas être entendu :

« Allô, chérie, c'est moi.

— Que se passe-t-il ?

— Rien de grave, chérie. J'ai fini très tard, ici à

Ferrare, pour ce dossier compliqué dont je t'avais parlé et malheureusement, j'ai manqué le dernier train. Je dois dormir ici, mais demain je repars de bonne heure et j'arriverai dans la matinée.

— Comment feras-tu sans chemise de rechange ? Tu ne peux pas te montrer en public comme ça.

— Oui, je sais. Il faudra que je remette la même. Je me changerai à mon retour. Comment va papa ?

— Il ne va pas bien, on dirait qu'il a du mal à respirer. Il m'a demandé plusieurs fois si tu étais rentré. Dois-je lui dire quelque chose à propos du dossier ?

— Non, non. Dis-lui seulement que je passerai le voir demain pour lui parler du travail qu'il m'a confié.

— Bonne nuit. Où dors-tu ?

— Je vais chercher un hôtel, ne t'inquiète pas, chérie. Bonne nuit. »

C'était fait.

Il resta un instant là, debout, immobile, tenant le combiné d'une main et l'autre appuyée au mur, comme pour reprendre son souffle après une course difficile.

Autour du téléphone, le mur était couvert de cartes postales collées du côté des photographies. Iacopo allongea la tête pour en lire quelques-unes et vit qu'elles étaient toutes envoyées par des personnes différentes, mais toujours à la même adresse et signées Sante.

« Ne vous inquiétez pas, dit la voix derrière lui, je ne suis pas fou. »

Il se retourna et vit l'homme qui parlait de l'autre côté des rayons de la roue de la bicyclette suspendue :

« J'ai suivi huit Giri et deux Tours de France et à

chaque étape j'envoyais une carte postale à un nom de fantaisie, ici, à l'atelier. Puis avec les années elles ont commencé à me rendre nostalgique, alors je les ai tournées vers le mur. »

De sa main noire de gras, il caressa délicatement le pneu qui tournait de plus en plus lentement :

« J'aimais être assis en haut d'un parapet, sur le bord d'une route poudreuse, à piaffer d'impatience en attendant que les champions arrivent. Entre deux motos il y avait un silence que je ne saurais décrire.

— Allons, Sante, pas de nostalgie inutile ! l'interrompit Mila de sa voix joyeuse. Raconte-lui plutôt quand Coppi et Bartali sont entrés ici, dans le magasin.

— Mila, j'ai dû le raconter mille fois.

— Allons ! Ermano sera ravi. »

Iacopo lança un regard interrogatif à Mila qui répondit par un clin d'œil.

Donc, maintenant, lui aussi avait un autre prénom.

Ermano.

Ça ne lui déplaisait pas du tout.

Ernesto et Ermano, ces deux prénoms allaient tellement bien ensemble qu'il lui semblait vraiment les avoir déjà entendus quelque part. Ils pourraient même se faire faire des chemises avec leurs initiales, comme celles marquées du chiffre I.D.L. qu'ils commandaient à leur couturière dans l'autre vie. Dans celle-ci, un *E* suffirait, une seule lettre.

« Je vous en prie monsieur Sante, racontez-moi. Ils sont entrés ici, c'est vrai ? demanda Iacopo.

— Oui, monsieur Ermano, ils ont réellement frappé

à ce rideau de fer, dit-il en montrant la rue. Le Giro était arrivé à Ferrare le jour de mon anniversaire. J'en avais profité pour venir au magasin prendre différentes choses et pendant que j'étais là, dans le fond, j'ai entendu frapper à la porte. J'ai pensé à un ami du bar qui m'avait vu arriver mais quand je suis allé ouvrir je me suis trouvé devant Coppi, Bartali, Cottur, Carollo, Leoni, Martini, Magni et beaucoup d'autres. Ils sont entrés avec une énorme bouteille de mousseux et nous avons trinqué en arrosant toutes les bicyclettes. »

Il montra une feuille jaunie collée au mur.

« Regardez là, monsieur Ermano. »

Il y avait écrit : *À la Chisal, la meilleure bicyclette du monde*. Et en dessous, toutes les signatures. Grande et péremptoire, celle de Bartali, plus petite et timide celle de Coppi, et autour, toutes les autres.

« Ça a été le plus beau jour de ma vie. »

Iacopo le regarda. Il aurait voulu lui répondre : « Et moi, le plus beau jour de ma vie, c'est aujourd'hui » mais il ne le fit pas, il n'était pas encore prêt à dire la vérité comme ça.

Mila interrompit leurs silences.

« Merci Sante. Maintenant, Ermano et moi devons partir, parce que ma grand-mère doit avoir faim.

— Merci à vous. »

Il décrocha la bicyclette des crochets et la regarda ému.

« Essayez-la un instant, monsieur Ermano. Vous pourrez dire que vous avez fait un tour sur la Chisal noire, en connaisseur… »

D'un sourire, Mila lui fit signe d'accepter, Iacopo la

prit des deux mains, par le guidon et, marchant à côté d'elle, il passa laborieusement entre les bicyclettes alignées, de part et d'autre du magasin.

Dehors le soir tombait. Il appuya son pied gauche sur la pédale, poussa avec sa jambe droite et enjamba la selle quand la bicyclette était déjà en mouvement.

Il allait sentir l'air frais sur son visage, comme dans ses courses d'enfants, quand ils partaient devant l'école, montaient sur la digue en se dressant sur les pédales, redescendaient et commençaient le sprint jusqu'au but, devant l'église. Daniele gagnait toujours, il n'y avait rien à faire.

Il tourna à gauche, dans une rue en pente douce, pleine de magasins sous les petits portiques. Au fond, on voyait le côté de la cathédrale, avec une très longue rangée de petits arcs tous différents et le majestueux clocher couvert de marbre.

Il déboucha sur une grande place, tourna à gauche vers une tour crénelée et s'arrêta devant la façade du Dôme. Il y était passé le matin et n'avait même pas levé les yeux.

Il freina, posa un pied fermement sur les petits cubes de porphyre et regarda la partie supérieure de la façade. Les derniers rayons du couchant avaient embrasé le marbre blanc et rose des trois pointes et le bleu intense du ciel emplissait le grand creux au centre de chacune d'elles.

Encore les Dolomites, songea-t-il.

Il repartit en faisant un grand cercle sur le parvis pour revenir en arrière sur la place et se mit à zigzaguer avec la bicyclette. La petite rue avec les portiques montait doucement maintenant, alors il se dressa sur les pédales, plus rageur que Girardengo au col Pordoi.

« Vas-y, champion ! » lui sembla-t-il entendre crier du bord de la route.

Il avait envie de lever les bras, comme le vainqueur sous la banderole de l'arrivée.

Il en avait très envie.

Très.

Il se rassit sur la selle, lâcha le guidon et brandit ses mains vers le ciel. C'était comme s'il n'avait plus sa veste et sa cravate sur lui. Il sentait seulement son cœur battre vite et l'air frais dans ses cheveux.

Il riait, fier de sa victoire, en continuant à pédaler comme ça, les bras levés vers le ciel, au milieu des gens qui marchaient et des commerçants qui tiraient les rideaux de fer.

« C'est une sacrée bicyclette, dit-il, essoufflé, à Sante et Mila qui l'attendaient après le virage, sur le seuil du magasin.

— Attention, Ermano, lui répondit Sante, si vous roulez aussi vite tout le monde comprend que vous êtes un étranger. À Ferrare, les gens de tous les âges vont à bicyclette, à la vitesse juste suffisante pour rester en équilibre, pas un coup de pédale de plus que le nécessaire : c'est trop fatigant d'aller vite !

— À propos, accélère un peu, il est tard », intervint Mila en le prenant par la main et en l'entraînant.

« Merci, vraiment », réussit à dire Iacopo.

Mila le regarda amusée et lui murmura dans une

oreille : « Fais attention, avant d'être mécanicien, Sante était un hors-la-loi… ne lui raconte pas trop de choses ! »

Puis elle ajouta :

« … Tu aimes "Ermano" ?

— Oui, beaucoup, répondit Iacopo.

— Ici, chez nous, chacun est libre de choisir le prénom qu'il veut. D'ailleurs celui que te donnent les autres à ta naissance ne peut être que provisoire, car il est normal que ce soit toi qui décides de ton prénom. »

Ils ressortirent à nouveau dans la ruelle aux portiques mais tournèrent à droite puis à gauche, dans une rue dont les voûtes reliaient entre elles les maisons des deux côtés.

Devant la porte d'un bar, un vieil homme était assis sur un banc de bois, le menton appuyé sur sa canne. Il regardait fixement le mur en face, mais on comprenait que ses yeux voyaient des choses lointaines.

« *Ciao* Marini », lui dit Mila d'une voix forte.

Le vieil homme resta impassible.

« Depuis quelques années il s'est lassé de répondre même aux saluts. Il pense toujours à son Amérique… » murmura Mila.

À côté de l'homme, collée sur la vitrine, il y avait une affichette sur laquelle était écrit en grosses lettres : *Biondi contre Mori* et au-dessous, plus petit : *Un chauve arbitrera. Grand match de football dimanche à 15 heures sur le terrain de Santa Maria in Vado.*

Il aurait tellement aimé aller le voir, songea-t-il.

Ils arrivèrent en quelques pas devant la porte de la maison de Mila.

Iacopo regarda la cage accrochée au mur, la porte ouverte et la petite balançoire vide, agitée par la brise du soir.

« Assieds-toi, je prépare à manger pour Gabriella et après je t'emmène danser », lui dit Mila, qui partit en courant vers la petite pièce où était sa grand-mère. Elle entra et l'enveloppa dans une danse de fête, tournant autour d'elle sans parvenir à s'arrêter et passant ses mains dans ses cheveux comme pour contenir sa joie. Puis elle se mit à l'embrasser, sans cesser de lui raconter cette journée qu'elles avaient attendue toute leur vie.

Iacopo s'était arrêté sur le seuil de la porte. Il aimait contempler ce bonheur de loin, sans le déranger.

Un peu plus tard Mila revint dans la grande pièce et lui fit signe de le rejoindre ; elle s'approcha du fourneau, alluma un brûleur et commença à s'activer, ouvrant des portes et déplaçant les poêles sur le feu. Iacopo alla s'asseoir sur une chaise adossée au mur, dans un coin à l'écart, à côté d'un vieux coffre : il aimait voir Mila de dos, tandis qu'elle s'affairait.

Après quelques instants, elle se retourna, le regarda et éclata de rire :

« C'est fou ! Aucun client ne va jamais là dans le fond. Et toi tu t'assieds juste où se mettait Ernesto quand il venait chez Gabriella. »

Elle s'approcha.

« Elle n'a jamais voulu déplacer cette chaise. Elle disait qu'elle devait rester là pour le jour où il reviendrait. »

Puis, en levant les yeux, elle désigna le mur et ajouta :

« Regarde ce qu'il y a juste au-dessus de ta tête. »

Iacopo se tourna et lut le mot inscrit sur le mur blanc.

Évaporé.

Il recommença à regarder Mila pour essayer de comprendre.

« C'est Anna qui a voulu l'écrire au-dessus de la chaise de son père quand elle était encore une petite fille. Elle disait toujours qu'il s'était évaporé dans un nuage rouge mais elle n'a jamais voulu me dire ce qu'était ce nuage. »

En quelques minutes elle prépara le repas et alla trouver Gabriella, la faisant manger avec patience, sans cesser de lui parler, amusée.

La vieille femme était toujours immobile, les yeux fermés, et sitôt une bouchée avalée, elle rouvrait la bouche d'un seul coup, dans l'attente de la suivante. On aurait dit un petit oiseau dont la mère rentrait au nid.

Quand l'assiette fut vide, Mila lui essuya la bouche avec une serviette et revint dans la pièce :

« Tu peux utiliser la salle de bain, la serviette est propre. L'évier me va très bien. »

Iacopo poussa la porte de bois, chercha de la main l'interrupteur sur le mur et trouva le petit bouton de céramique qu'il fallait tourner.

La pièce était pauvre et propre. Les sanitaires avec des robinets brillants, le savon posé sur un coquillage, les brosses et les peignes sur le rebord d'une petite fenêtre carrée avec une vitre opaque, identique à celle de la maison de ses grands-parents. Il était petit alors et montait debout sur la cuvette des W.-C. pour parvenir à regarder en cachette le grand jardin secret sur lequel elle donnait.

Ce fut un moment de nostalgie. Il voulut l'ouvrir, pour savoir ce qu'il y avait par-delà la vitre. Il éteignit la lumière de la salle de bain, pour qu'on ne le voie pas du dehors : tout était sombre mais il comprit que là aussi il y avait un jardin. Après quelques secondes, il entrevit les silhouettes de deux grands sapins et un dépôt de bois, il tourna la tête et dans l'obscurité, toute proche, il vit une seule fenêtre éclairée. On aurait dit un film en couleur projeté sur un écran : il y avait un garçon blond et une jeune fille aux cheveux châtains, maigre et très belle, qui s'embrassaient dans une pièce, sur un divan de cuir noir. Face à eux on voyait un piano droit en bois rouge foncé et une grande bibliothèque sombre pleine de livres énormes, de médecine peut-être ? Au-dessus, accrochée au mur, une très longue peau de serpent. Ils se caressaient, arrêtant à tour de rôle leurs mains qui couraient sur le corps de l'autre et dans ses cheveux, pour les laisser libres à nouveau et les retenir encore. La jeune fille immobilisa le garçon de ses longs bras fins, le repoussa contre le dossier du divan et monta sur lui, s'emparant de son désir.

C'est leur première fois, songea Iacopo, en fermant la fenêtre.

Il ralluma la lumière et se regarda dans la glace.

Il était un peu décoiffé et avait une expression égarée qu'il n'avait jamais vue sur son visage. Il essaya de la modifier, en redevenant sérieux comme l'avait toujours été le notaire Iacopo Dalla Libera, fils d'Ippolito. Il fronça les sourcils et se raidit, ajustant le nœud de sa cravate, mais en un instant, ses épaules se détendirent et il reprit cet air doux, encore plus égaré qu'avant.

C'était donc cela l'expression de la sérénité ? Parce que c'était vraiment absurde, mais au lieu de provoquer de l'angoisse ou de la peur, la tempête qui était entrée si brutalement dans sa vie ordonnée l'avait fait glisser dans un bien-être jamais éprouvé. C'était comme s'il s'était libéré d'un seul coup d'une vie que d'autres avaient choisie pour lui : ses études, sa profession, ses vacances, jusqu'aux meubles de sa maison. Et sa femme.

Il souleva l'abattant des W.-C., éprouva dans les jambes la fatigue de cette longue journée et, comme cela lui était arrivé d'autres fois, il songea avec envie aux femmes qui urinaient assises.

Il regarda le mur blanc devant lui et hocha la tête. Il défit lentement sa ceinture, baissa son pantalon et son slip, se retourna et commença à uriner. De là, il ne pouvait pas se voir dans le miroir mais il imaginait très bien l'expression satisfaite qui marquait son visage.

Il était libre.

Il hurla :

« Mila, je suis libre ! »

Sa tête commença à tourner follement dans le vide et il vit la salle de bain pleine de couleurs. Mon Dieu, il avait prononcé son prénom ! Il le savait, il savait qu'il devait l'éviter. Maintenant il allait s'évanouir. Mais fallait-il que cela lui arrive juste là ? Toute la journée il avait pensé au moment où il aurait le courage de l'appeler par son prénom, peut-être en dansant ou la nuit, en faisant l'amour, un murmure entre ses cheveux, tout près de son oreille, pour respirer son parfum, en sachant qu'il s'évanouirait aussitôt, englouti par la douce sonorité de ce prénom, Mila. Et voilà qu'il avait tout gâché, en le criant assis sur la cuvette.

Il entendit s'approcher le rire de la jeune femme. Il imagina ses dents très blanches et ses yeux pleins de lumière. Il se leva, boutonna son pantalon et, en titubant, parvint à la poignée de cuivre, il la poussa vers le bas et ouvrit la porte.

Elle lui sauta dessus, s'accrochant à son cou et l'entourant de ses jambes. Il respira le parfum de sa peau si intense qu'il décida de mourir dans ce halo.

« Mila, Mila, Mila, Mila… », continua-t-il à répéter, tandis que ses lèvres effleuraient sa nuque et qu'il était submergé par un tourbillon de couleurs éclatantes.

Il sentait quelque chose de frais sur son visage.

Il ouvrit les yeux et vit qu'elle lui passait un mouchoir mouillé sur les joues.

« Mais tu t'évanouis souvent ? demanda-t-elle.

— C'est la seconde fois de ma vie, répondit-il en se relevant.

— Ce n'est pas bien, ça peut être dangereux. Comment vas-tu maintenant ?

— Très bien. »

De l'extérieur venaient des sons étranges, comme des instruments qu'on accorde avant de commencer un spectacle.

« Qu'est-ce que c'est ? demanda Iacopo.

— La fête ! C'est juste dans la maison en face et les jeunes vont commencer à jouer. Ça te dit d'y aller ?

— Bien sûr.

— Alors pressons-nous. Enlève ta veste et cette cravate. Sur le lit il y a une chemise propre. Pendant ce temps, je vais me maquiller un peu. »

Il resta assis par terre à la regarder.

Elle était allée s'asseoir sur un tabouret, devant une petite table bleue surmontée d'un miroir rectangulaire, accroché de travers. De dos elle était fascinante : elle avait des chaussures à talon et une combinaison blanche qui dénudait ses épaules. Elle arrangeait ses cheveux derrière sa nuque et la glace reflétait son visage concentré.

Iacopo se leva pour aller changer de chemise. Il avait envie de voir la mer avec elle, sur une plage avec le soleil d'hiver.

Quand il se retourna, Mila était debout au milieu de la pièce, vêtue d'une petite robe de soie, noire, comme ses cheveux. Elle portait un collier de pierres bleues et tenait sous le bras une minuscule pochette de la même couleur.

« Je suis élégante ? demanda-t-elle.

— Tu es très belle. »

En sortant de la maison elle le prit par le bras, ils traversèrent seulement la rue et entrèrent dans une cour dont la grille était grande ouverte, juste en face de la porte de Mila.

« Viens, ils sont là », dit-elle en montrant vers le haut l'endroit d'où provenait la musique, au-dessus d'un hangar avec une grande porte de verre. Ils la poussèrent violemment et, en entrant, Iacopo reconnut une forte odeur de copeaux mais l'obscurité l'empêcha de distinguer les établis, les scies, les troncs coupés dont il imaginait qu'ils étaient là, dans le noir. Il n'avait senti une odeur pareille que lorsqu'il était enfant, à Pecol, dans la menuiserie de la maison où ils passaient les vacances. Il se rappela que le vieux chef de famille, grand comme ses montagnes, l'avait emmené voir son atelier, et en caressant une planche juste rabotée, il lui avait dit avec une voix basse qui ressemblait à un orgue d'église : « La peau a besoin de toucher le bois, ne l'oublie pas. »

Mila s'engagea par une petite porte sur la gauche et ils montèrent par un escalier très étroit et sans lumière. Pour ne pas tomber, Iacopo touchait les deux murs latéraux et cherchait prudemment chaque marche avec ses pieds. La musique était de plus en plus forte et on voyait, en haut de l'escalier, une porte qui laissait filtrer de la lumière ; ils l'ouvrirent et sortirent sur une immense terrasse pleine de monde. Elle était presque entièrement couverte de glycines et traversée par un long fil électrique, difficilement soutenu par deux bâtons et couvert d'ampoules colorées qui pendaient comme des fruits mûrs. Au centre, sur une petite estrade de bois, un groupe de quatre jeunes gens jouait, tourné vers l'extérieur de la terrasse, tandis que les convives bavardaient et buvaient en passant derrière eux. Le chanteur tenait la tige du micro pratiquement devant le parapet et, à en juger par la fougue qui les animait, ils semblaient convaincus d'être sur une scène et d'avoir, face à eux, non pas les toits des maisons dans la nuit mais une salle pleine de public payant.

« Viens, je vais te présenter au héros de la fête », dit Mila en le prenant par la main.

Elle l'entraîna devant un petit homme assis à une table ronde, avec d'autres personnes, un verre à la main. Il était un peu voûté, comme apeuré par toutes ces attentions.

Mila l'embrassa en lui sautant presque au cou et il répondit en lui caressant la tête. Iacopo vit dans la main qui descendait le long des cheveux noirs deux alliances en or qui brillaient sur le même doigt.

Elle se retourna et dit :

« Duclos, c'est Ermano. »

Le petit homme esquissa un vague signe de salut, avant de baisser à nouveau la tête et de se renfermer dans une position défensive.

« Ermano, voici Duclos, le plus grand postier de tous les temps. Il a quatre-vingts ans aujourd'hui.

— Enchanté », dit Iacopo en s'inclinant légèrement, mais sans lui tendre la main car il comprit que cela l'aurait embarrassé.

« Maintenant, viens, allons chercher à boire », intervint Mila.

Dès qu'ils se furent écartés, elle poursuivit à voix basse :

« Ce soir, ne disons à personne que tu es le fils d'Ernesto. Tu finirais par être le héros de la fête et cette soirée doit être celle de Duclos. »

Mila connaissait tout le monde et embrassait tous les gens qu'elle rencontrait, avant de les présenter à Iacopo. Ils s'arrêtèrent aussi auprès de Sante, le mécanicien, qui parlait de football à un couple de jeunes gens enlacés : « … Hier encore le Milan a fait match nul. »

« *Ciao* Vincenzina, dit Mila, en embrassant la jeune fille : C'est ton fiancé ?

— Oui », répondit-elle avec un sourire plein d'orgueil.

Le garçon avait un bon visage et de grandes mains, qu'il gardait posées sur les épaules de la jeune fille, comme pour ne pas la laisser échapper.

« C'est un ouvrier qualifié. Il travaille dans une usine d'Argenta et nous nous marions dans un mois.

— C'est magnifique ! » dit Mila.

Sante caressa la jeune fille sur une joue et dit :

« Demain elle va l'attendre à la sortie de son travail et ils iront tous les deux faire la connaissance de ses parents. »

Ils continuèrent à circuler parmi les gens et Iacopo vit qu'ils étaient tous joyeux dans ce vacarme désordonné de musique et de voix. Rien à voir avec les réceptions ennuyeuses du cercle où le temps n'en finissait pas et où chaque phrase semblait préparée pour l'occasion : « Comment vont vos affaires, maître ? Si les choses continuent de la sorte, où allons-nous ? *Mala tempora currunt*, cher professeur ! »

« Elle, c'est Rosa, la marchande de primeurs », dit Mila en lui présentant une femme brune, le visage lisse comme une pomme et le regard sévère.

La femme l'examina de la tête aux pieds et demanda :

« Et ce beau monsieur, que fait-il ? »

Mila regarda Iacopo comme pour demander l'autorisation, et répondit :

« Il a une auberge, de l'autre côté du Pô.

— Diantre ! s'exclama la marchande de primeurs en frottant ses doigts en un geste éloquent : Un client comme ça, garde-le bien, ma fille !

— Rosa, je t'ai dit que c'était un ami, pas un client ! dit Mila en riant.

— Oui, et moi dans ma boutique je ne vends pas des salades mais des vêtements sur mesure. »

Elle tourna autour de Iacopo pour bien le regarder et poursuivit :

« Dites-moi, monsieur l'hôtelier, comment s'est passée la saison en Vénétie ? »

Du regard, Iacopo adressa un reproche muet à Mila mais elle lui fit signe de jouer le jeu :

« Pas mal du tout, risqua-t-il alors, la production a connu une légère flexion mais le marché a résisté et les ventes ont connu un accroissement significatif. »

Rosa lança un regard ironique à Mila, avant de partir :

« Fichtre, il a mangé un dictionnaire ton ami hôtelier ? »

Il revit la scène et essaya de s'imaginer habillé comme il l'était et tenant ce langage, dans une auberge sur la digue, pleine de vieux pêcheurs qui jouaient aux cartes en buvant et en jurant.

« Elle ne m'a peut-être pas cru..., murmura-t-il.

— Ermano ! Mais de quoi j'ai l'air, moi ? » dit Mila en riant et en le poussant de l'autre côté de la terrasse, où des femmes avec un tablier blanc distribuaient des assiettes de *pasta e fagioli*.

Elle rejoignit une amie à une table et Iacopo se mit à manger, assis sur le bord d'un grand pot dans lequel était planté un vieil olivier. Il posa un verre plein de vin rouge sur la terre humide et il eut soudain envie de la sentir sous les ongles de ses mains, comme les paysans qui venaient dans son étude, pour signer les baux de location de leurs terres.

De l'autre côté de la terrasse, une femme était assise toute seule, sur un banc près du mur. Elle regardait vers le bas et à sa façon de bouger lentement le bras sur la grande table encombrée de verres et d'assiettes sales, on aurait dit qu'elle était en train d'écrire quelque chose. Elle était loin, plongée dans Dieu sait quelle mélancolie, et certainement, là où elle était, il y avait un silence total et on n'entendait pas la musique ni la confusion de la fête.

Iacopo eut envie d'aller lui dire combien sa tristesse était belle. Il s'approcha et s'assit à côté d'elle, sur le banc de bois, derrière la table. Elle avait les cheveux négligemment relevés par deux épingles et un collier de perles autour de son cou maigre, marqué par les années.

Elle n'écrivait rien, mais effleurait seulement d'un doigt les fleurs de la toile cirée. Elle les caressait délicatement, en suivant les pétales, les petites feuilles, les contours des corolles décolorées.

Maintenant, lui non plus n'entendait plus rien de la musique et des bruits de voix. Il leva les yeux et vit les gens, leur verre à la main, qui riaient, joyeux, les couples qui dansaient, les garçons du groupe qui jouaient de la musique, mais aucun bruit n'arrivait jusqu'à eux. C'était comme si une énorme vitre les protégeait de tout.

La femme se tourna lentement vers lui, prit sa main entre ses doigts et la tourna délicatement sur le dos, en la posant sur une petite fleur, parce qu'elle voulait que lui aussi sente l'enchantement de ces pétales veloutés.

Dans ce silence absolu, Iacopo sourit enfin.

Une douceur inconnue sortit de son corps, où elle avait été enfermée pendant des années. Il se rappela sa mère qui ouvrait les bras quand il courait vers elle, une petite fille qui l'appelait par son prénom, la poussière d'un terrain de foot couvert d'enfants.

Comme Vincente avait raison de lui dire de sourire, songea-t-il en regardant sa main, abandonnée entre ces doigts fragiles qui la portaient d'une fleur à l'autre de la nappe : maintenant qu'il avait éprouvé le calme infini que peut apporter un simple sourire, il lui semblait avoir gâché toute sa vie.

Il chercha Mila des yeux. Il avait envie de revenir vers elle, de l'autre côté de la vitre, dans le fracas du monde.

Il la vit au milieu des rires d'un groupe de jeunes femmes.

Toutes des putains et heureuses, songea Iacopo.

Il avait envie de danser encore avec elle, comme au restaurant.

Il lâcha la main de la femme, caressa les veines gonflées qui en sillonnaient le dos, se leva et la rejoignit.

« Tu danses avec moi ? » lui demanda-t-il, en savourant la sensation nouvelle que lui procurait le sourire sur son visage.

Mila le vit, comprit et se jeta à son cou :

« Iacopo, Iacopo... », lui murmura-t-elle à l'oreille.

Il aimait écouter le son de son vrai prénom prononcé par elle.

Ils allèrent au centre de la terrasse, parmi les couples qui tournaient enlacés. Il la serra contre lui et ils commencèrent à dessiner dans l'air des centaines et des centaines de tours, aussitôt confondus dans ceux des autres, comme les gouttes de pluie sur l'eau.

Tout tournait sous la glycine, et les couleurs de Mila étaient devenues des bandes lumineuses dans la nuit. Il sentait le corps fragile s'accrocher à sa veste et il voulait qu'il vole avec lui au rythme de cette musique, une valse peut-être.

« Tu dois savoir une chose... », lui dit-elle un peu plus tard.

Iacopo releva la tête, en attendant qu'elle poursuive :

« La femme de la table, celle à côté de qui tu t'es assis, c'est ta sœur... »

Iacopo se retourna brusquement et la vit là-bas, cachée par les couples qui dansaient enlacés, seule avec ses fleurs veloutées.

« C'est Clerice, la fille de Mendes le rémouleur, tu te rappelles ? »

Oui, il se rappelait bien l'histoire de cette fillette, orpheline à trois ans, et la lettre émouvante de l'homme qui lui avait servi de père. Pendant que Vincente la lisait, Iacopo avait imaginé l'enfant au milieu de la rue, heureuse dans sa petite robe blanche avec ses chaussettes remontées jusqu'au genou, qui regardait son père pendant qu'il faisait scintiller de longs couteaux contre la roue qui tournait. Il était tombé amoureux de la mère de la fillette et, comme tous les clients d'une putain auxquels arrivait ce malheur, il s'était perdu dans la dévotion. Avant de mourir, la femme lui avait raconté l'histoire d'Ernesto et lui avait demandé en pleurant de garder Clerice avec lui, jusqu'à ce que son vrai père vienne la chercher.

Ainsi, l'après-midi même de l'enterrement, Mendes prit la petite fille par la main et l'emmena avec lui. Dans la lettre, il avait écrit qu'il se rappelait encore très bien quand, à la sortie du cimetière, la fillette lui avait demandé d'une petite voix timide : « Mais maintenant, tu me gardes avec toi ? »

Iacopo sentit toute la peur de l'enfant, qui craignait que cette grande main calleuse ne la laisse seule à son tour, comme l'avait fait sa maman, deux jours auparavant.

Il se tourna vers la table, mais vit que la femme n'était plus là.

Il commença à la chercher des yeux parmi les couples qui dansaient autour de lui, derrière les groupes de gens qui étaient debout, par-delà les garçons qui jouaient de la musique.

« Elle est partie maintenant, mais quand tu voudras, nous pourrons aller la trouver chez elle. Elle habite juste derrière », dit Mila.

Iacopo appuya à nouveau sa tête sur les cheveux parfumés de Mila.

J'ai une sœur, songea-t-il.

Il sourit de nouveau. C'est peut-être pour cela qu'ils s'étaient reconnus dans le même silence et, pour la première fois, il envia la chance de ceux qui avaient eu une sœur avec qui ils avaient grandi, joué, raconté des secrets, s'étaient disputés par jalousie, avant de s'éloigner au fil de la vie et de se retrouver enfin, découvrant qu'ils ne s'étaient jamais perdus vraiment, parce que ceux qui portent en eux les mêmes nostalgies ne peuvent pas se perdre.

Iacopo passa un temps indéfini à danser dans les bras de Mila et quand l'orchestre cesse de jouer, il ne s'en aperçut pas, car il avait glissé dans une béatitude absolue.

« Voilà, regarde, dit-elle, en s'écartant de son épaule, maintenant, c'est le moment de Duclos ! »

Les autres couples s'étaient arrêtés eux aussi pour se tourner vers le héros de la soirée. Devant lui s'était ouvert un espace, parce que tous évidemment savaient ce qu'il allait se passer et regardaient la table ronde derrière laquelle se tenait le petit facteur.

Iacopo attendait l'arrivée d'un grand gâteau avec des bougies mais c'est un homme qui apparut derrière Duclos. Il se pencha pour lui murmurer quelque chose et posa une petite clé sur la table vide devant lui. Puis il s'écarta pour céder la place à un deuxième homme qui, en souriant, déposa une autre clé auprès de la première. Le même geste fut répété par une femme, par un vieil homme soutenu par deux garçons, par Vander, l'hôtelier, avec l'Espagnole, par le chef des voleurs.

« J'y vais moi aussi », dit alors Mila d'une voix émue.

Elle traversa la terrasse, élégante dans sa petite robe noire et l'allure incertaine sur ses hauts talons, elle attendit que son tour arrive, embrassa Duclos sur la joue, déposa sa petite clé à côté de la longue rangée des autres et revint en arrière en souriant.

Le petit facteur avait les yeux brillants et regardait devant lui sans parvenir à dire un mot, tandis que sur la terrasse, beaucoup continuaient d'essuyer leurs larmes avec un mouchoir ou sur les manches de leurs chemises.

« Pendant quarante ans il est venu chaque matin nous apporter un peu de courrier et beaucoup de douceur, dit Mila à Iacopo, à mi-voix, alors nous avons pensé que ce soir il était juste de lui laisser pour toujours les clés de nos maisons. »

Quand la musique reprit, beaucoup commencèrent à saluer avant de partir. Iacopo les regarda, les imaginant à l'aube du lendemain, pendant qu'ils préparaient leurs boutiques de boucher ou de laitier, pour une autre journée de travail.

L'ouvrier et Vincenzina s'en allèrent aussi, se tenant par la main, et Iacopo imagina la jeune femme devant l'usine, avec son foulard démodé et son visage tourné vers la grille, qui s'ouvrait pour le laisser sortir.

Les garçons de l'orchestre continuèrent à jouer et il s'assit dans un coin pour écouter ces chansons qu'il avait oubliées avec le temps.

Un peu plus tard, Mila vint le chercher :

« Que fais-tu ? lui dit-elle, méfie-toi, ce n'est pas bon la nostalgie… »

Elle lui tendit une main pour l'aider à se lever et ajouta :

« Partons, il est tard et demain matin tu dois te lever de bonne heure pour partir. »

Dans l'espace étroit entre les tables dressées et la porte de l'escalier, un homme énorme, avec les cheveux longs et une tête d'Indien, était debout, immobile, appuyé au manche d'un balai pour laver les sols.

« Bonsoir, excusez-nous… », dit Iacopo pour lui faire comprendre que s'il ne se déplaçait pas un peu, ils ne pourraient pas passer.

Le géant ne bougea pas un muscle de son corps, avec un regard fier qui semblait scruter des prairies infinies.

« Il ne peut pas t'entendre, il est sourd-muet », dit Mila.

Puis elle baissa la voix, comme si elle craignait que l'homme puisse l'entendre quand même, et elle ajouta :

« Il est fort comme une montagne. On dit qu'il est parvenu à s'échapper une nuit d'un asile et qu'il est arrivé jusque-là à respecter le pacte qu'il avait fait avec un ami, qui est mort là-bas. »

Iacopo eut l'impression de le voir s'enfuir dans le noir. Il courait dans un champ, vers les cimes couvertes de neige et le pantalon de son pyjama se rapetissait de plus en plus, jusqu'à disparaître au loin, englouti par l'obscurité.

Ils traversèrent la petite rue déserte et entrèrent dans la maison. Mila tira le rideau sur la corde qui traversait la pièce et, comme derrière un rideau qui s'ouvre, apparut, sur la scène, la rangée de lits voisins.

Il avait envie de la prendre, puis de dormir avec elle.

Il entra dans la salle de bain, mais n'alluma pas la lumière parce qu'il voulait voir si les deux jeunes gens de la cour dormaient ou s'ils étaient encore en train de faire l'amour. Il ouvrit la petite fenêtre et, dans la nuit, il vit que la pièce éclairée n'était pas la même, mais une autre, plus petite, avec sur les murs des étagères de bois, couvertes de livres et de bouteilles de vin. La jeune fille et le jeune homme étaient là, mais ils semblaient vieillis de trente ans. Ils étaient assis face à face, les bras posés sur une table en verre et les mains enlacées. Ils pleuraient d'une douleur déchirante, se regardant sans parler.

« Non, je vous en prie ! avait envie de crier Iacopo. Vous étiez si heureux il n'y a pas longtemps, sur le divan noir ! Vous ne voyez pas que vous vous aimez encore ? Vous êtes stupides, revenez là. C'est encore possible, revenez là ! »

Maintenant il sentait monter un sanglot lourd comme une pierre. La douleur des autres lui faisait toujours cet effet et il ne voulait vraiment pas la partager, car maintenant, il ne désirait que Mila qui l'attendait de l'autre côté.

Il ferma la fenêtre et se lava avec soin, il voulait être parfumé pour elle.

Quand il revint dans la chambre, il vit qu'elle parlait avec quelqu'un à l'extérieur. Elle tenait la porte entrouverte comme pour l'empêcher d'entrer et il entendit distinctement qu'elle disait : « N'insiste pas, j'ai un autre client pour toute la nuit. »

Iacopo aurait dû éprouver de l'ennui ou du dégoût à l'idée que c'était la maison d'une putain, que chaque jour des hommes bavant de désir passaient sur ces matelas, que pour elle, au fond, il n'était que cela : *un autre client*. Et pourtant il se sentit fier : Mila avait dit non pour rester avec lui *toute la nuit*.

Quand elle se retourna, il ne lui laissa même pas le temps de parler, il la prit par une main et l'entraîna par-delà le rideau.

Ils se jetèrent sur les lits rapprochés et il commença à l'embrasser sur le cou, les épaules, dans cette odeur qui l'enivrait et sur le front, sur les yeux, roulant comme des enfants dans un pré, tandis que Mila riait sans pouvoir s'arrêter.

Après, ils s'endormirent, étroitement enlacés, et tandis que le sommeil les prenait avec douceur, Iacopo eut l'impression de se voir d'en haut, comme par un trou dans le plafond. Ils étaient nus sur le blanc du drap froissé et, d'en haut, son dos sombre contrastait avec le rose de la peau de Mila. Il l'étreignait, la tête au milieu de ce fleuve de cheveux noirs qui coulait sur le lit, tandis qu'elle caressait son visage, les genoux repliés vers sa poitrine, comme pour se lover dans cette étreinte si forte.

Quand Iacopo s'éveilla, un peu de lumière filtrait déjà à travers le rideau.

Mila dormait encore, couchée sur un côté. Il avait envie de la caresser, mais il ne voulait pas qu'elle se réveille, alors il déplaça doucement ses doigts dans l'air, suivant le contour d'une joue sans l'effleurer.

Pour le petit déjeuner, je voudrais ton regard, songea-t-il.

Il s'habilla sans faire de bruit et sortit dans la rue faire quelques pas et respirer l'air pur du matin. Il n'y avait personne, juste un chien qui aboyait au loin. Il vit la grille ouverte de l'autre côté de la rue, leva les yeux vers le toit et l'envie lui vint de remonter sur la terrasse de la fête. Il entra dans la petite cour, regarda toutes les fenêtres aux volets encore fermés, poussa la porte de verre et entra dans le hangar.

La veille, en sentant l'odeur du bois dans l'obscurité, il avait imaginé des planches coupées, des meubles en fabrication et en fait il ne s'agissait pas d'une menuiserie mais de l'atelier d'un sculpteur. Partout il y avait encore des morceaux de bois brut, des têtes d'enfant inachevées, des panneaux de bois peints, des images sacrées. Sur un coffre, une femme sculptée dans un bois clair était étendue, la tête soutenue par un bras et, au beau milieu du hangar, de la base d'un tronc encore couvert d'écorce sortait une danseuse, les cheveux noués et les jambes un peu épaisses, croisées en un pas de danse. Elle semblait jaillir comme une créature divine, de cette mer de copeaux et de morceaux de bois qui couvraient le sol.

Iacopo s'approcha d'un établi couvert de ciseaux de toutes les tailles. Il en prit un et essaya de creuser le bois avec cette lame courbe et effilée, mais il se figea pour regarder la coupure de journal fixée au mur. On y voyait la photo d'une jeune fille blonde qui sculptait un tronc d'arbre au milieu d'une route de montagne, avec un ciseau et une masse enveloppée d'un chiffon. Au-dessus, un titre : *L'art des objets en bois*. Il avait imaginé l'atelier d'un vieux sculpteur barbu et voilà que l'auteur de ces œuvres était une jeune femme.

Il respira encore le parfum du bois, monta l'escalier sombre qui conduisait à la terrasse et sortit dans la lumière claire de l'aube. Des dizaines de moineaux effrayés s'envolèrent, abandonnant les miettes qu'ils se disputaient. Partout des restes de nourriture, des verres, des bouteilles à moitié vides, des piles d'assiettes sales. La batterie était encore là et les instruments de l'orchestre déjà rangés dans leurs housses, prêts à être emportés. Il s'arrêta devant le micro du chanteur, tapota avec son index et entendit le bruit sortir des caisses. Évidemment, songea-t-il, ils avaient laissé l'ampli allumé.

On avait vraiment l'impression d'être sur une scène.

Voilà pourquoi les jeunes de l'orchestre s'étaient mis à jouer là, face au parapet, tournés vers les toits et le ciel.

Il voulait chanter.

Oui, il allait chanter pour Mila cette chanson qu'il avait réécoutée la veille et n'avait pas entendu depuis des années.

Il se rappelait chaque parole : « Il n'y a rien que tu puisses faire qui ne puisse être fait… Rien que tu puisses dire, mais tu peux apprendre à devenir toi-même à temps. »

Il entendait dans sa tête une musique très forte tandis que sa voix fendait le silence paisible de l'aurore, glissant le long des murs, jusque là-bas, dans la rue, à travers les fenêtres entrouvertes.

Peut-être était-il écrit quelque part qu'un matin le quartier se réveillerait en entendant Ermano, le fils d'Ernesto, chanter les yeux clos, sur une terrasse, une chanson d'amour pour Mila.

Il ouvrit les yeux.

De l'autre côté de la rue, à la même hauteur que lui, à quelques mètres, elle était là qui le regardait d'un petit balcon sur le toit. Elle écoutait immobile, debout derrière la balustrade, tandis qu'une larme descendait lentement sur son sourire.

Il monta sur le tram pour la gare en craignant d'être en retard et il ne pouvait absolument pas manquer le dernier train du matin pour Mantoue.

Mila n'avait pas voulu l'accompagner jusqu'à l'arrêt près du cadastre car, avait-elle dit, hors du quartier on la regardait de travers, surtout si elle était avec un étranger. Elle l'avait salué avant d'arriver sur la grande place à côté de la cathédrale :

« Tu sais où me trouver et si tu as un besoin urgent appelle Sante, il me préviendra. »

Puis elle avait glissé dans la poche de sa veste une petite feuille pliée, en ajoutant « son numéro est là », et elle l'avait embrassé sur la joue, en se mettant sur la pointe des pieds.

Iacopo était resté un moment immobile, la regardant de dos, tandis qu'elle marchait au milieu de ses couleurs éblouissantes. Elle s'était éloignée sans jamais se retourner, comme si elle n'éprouvait aucune douleur de cette séparation que lui au contraire ressentait si fortement.

Vingt-quatre heures à peine s'étaient écoulées depuis

qu'il était arrivé là, pourtant il lui semblait avoir passé beaucoup plus de temps avec Mila. Il savait qu'il la reverrait dès que Vincente se manifesterait pour lui communiquer le résultat de ses recherches, mais il lui semblait impossible de tenir aussi longtemps.

Il s'assit sur le dernier siège au fond du tram et mit son cartable sous ses jambes, comme il le faisait toujours de peur qu'on ne le lui vole. Surtout maintenant, songea-t-il, qu'il y avait dedans non pas des contrats et des dossiers, mais son cahier noir.

L'arrêt suivant était juste sous le château et Iacopo essaya de reconnaître des yeux le magasin des deux mannequins sans tête qu'il avait vu le matin précédent dans la rue déserte. C'était certainement ce Martinetti qui vendait des robes, conclut-il, en regardant les vitrines bien ordonnées.

Maintenant l'avenue était pleine de gens pressés, peut-être parce que c'était jour de marché. Au milieu de toutes ces personnes qui s'évitaient sur le trottoir pour ne pas se bousculer, deux jeunes gens s'embrassaient passionnément, sans cesser de marcher. Le garçon était ébouriffé, une écharpe claire nouée autour du cou, et il serrait la jeune fille contre lui, une main posée sur son épaule. Elle se tenait sur la pointe des pieds, pour se hisser à sa hauteur, totalement abandonnée, un bras pendant le long du corps et la main ouverte dans l'air. Ils étaient ailleurs, et même les clients assis aux tables du bar ou les promeneurs qui marchaient autour d'eux, un homme coiffé d'un béret bien calé sur la tête, une femme à l'expression préoccupée, un autre homme les mains dans le dos, semblaient ne plus les voir.

Qui sait comment ils finiraient, songea Iacopo.

À l'arrêt suivant, plusieurs personnes montèrent dans le tram, plongées dans leurs pensées. Un prêtre, un groupe de jeunes filles, des hommes avec des cartables comme le sien. Il se rappela le lycée, la récréation, quand ils couraient tous à la chaire du professeur d'italien, pendant que l'un d'eux montait la garde à la porte, et sortaient du cartable du vieil homme des photos de femmes nues.

Une dame âgée s'assit juste en face de lui. Elle rappelait à Iacopo sa grand-mère, comme il l'avait vue tant de fois dans le petit cadre ovale, au-dessus du bureau du salon. Qui sait, se demandait-il, si elle aussi, dans son enfance, avait quitté la Sardaigne en bateau, avec son père veuf et une gouvernante, comme sa grand-mère Angiolina, pour venir ici sur le continent.

La femme était grande et mince, des cheveux blancs relevés en chignon, et plongée dans ses pensées tandis que ses grands yeux bleus semblaient regarder par la fenêtre sans prêter attention à rien.

Pourtant, à l'arrêt suivant, elle s'accrocha soudain à son siège comme pour se lever : il était évident qu'elle voulait s'approcher le plus possible de la vitre pour lire sur un mur l'affiche qui annonçait un spectacle : *La vie en rose*.

Le tram repartit quelques secondes plus tard et elle se laissa à nouveau glisser sur son siège, ferma les yeux et avec un sourire heureux commença à chantonner :

Quand il me prend dans ses bras
Il me parle tout bas,
Je vois la vie en rose.

Il me dit des mots d'amour
Des mots de tous les jours,
Et ça m'fait quelque chose...

Seule sa voix troublait maintenant le silence qui s'était fait dans le tram. Même les jeunes gens qui plaisantaient entre eux s'étaient tus, les hommes avec leurs cartables avaient interrompu leurs pensées et une jeune fille blonde, mince et douce, cherchait à cacher d'une main les larmes qui descendaient sur son sourire, tandis qu'elle regardait avec tendresse la vieille dame qui chantait cette mélodie poignante :

... C'est lui pour moi
Moi pour lui
Dans la vie,
Il me l'a dit, l'a juré pour la vie...

« Vous vous rappellerez ce moment toute votre vie... », murmura Iacopo au contrôleur assis en face de lui.

C'était déjà la seconde fois, ce matin, qu'une jeune fille pleurait, en souriant, à cause d'une chanson d'amour chantée au mauvais endroit.

Il descendit du tram et entra en courant dans le hall de la gare plein de monde. Il se mit dans la file devant la billetterie, regardant les aiguilles de la grande horloge en haut : il avait à peine neuf minutes pour ne pas manquer le train.

Devant lui, une dame âgée racontait au guichetier quelque chose à propos de ses mains, ou une anecdote de ce genre. Il était tard mais il se sentait étrangement curieux de la vie des autres et ainsi, tandis qu'il tendait l'argent à l'homme de l'autre côté de la vitre, en demandant un billet pour Mantoue, il regarda la femme dans les yeux, puis regarda ses mains avec un air interrogatif, comme pour l'inviter à parler, et elle ne se fit pas prier :

« Regardez, regardez beau jeune homme, vous voyez mes doigts ? »

Ils étaient très étranges, la dernière phalange complètement écrasée, presque disparue.

« Vous savez ce qui m'a fait ça ? »

Iacopo secoua la tête.

« Taper à la machine pendant quarante ans. »

Puis elle leva les yeux avec orgueil et ajouta :

« … Et toujours pour l'avocat Luigi. »

Arrivé sur le quai, il remarqua que les cheminots parlaient entre eux avec agitation et il réussit à comprendre un fragment de conversation : il y avait une urgence à Bologne à cause d'un homme qui était parvenu à monter dans la locomotive. Iacopo eut l'impression de le voir, les cheveux soulevés par le vent pendant qu'il la conduisait, devenu fou dans la grande plaine.

Il monta dans le train régional, et entreprit de parcourir le couloir en examinant les compartiments pour choisir où s'asseoir. Il fut surpris de constater qu'il ne cherchait pas celui où se trouvaient les personnes les moins envahissantes possibles, comme il l'avait toujours fait, mais qu'il essayait plutôt de deviner, d'après les visages et les gestes, quel pouvait être celui où il y aurait le plus d'histoires à raconter.

Il passa dans le wagon suivant où, aussitôt entré, il croisa devant les toilettes un groupe d'étudiants debout. Ils avaient tous les yeux brillants et consolaient un garçon qui pleurait, assis par terre. Iacopo s'arrêta pour essayer de comprendre ce qui s'était passé. Ils racontaient à une étudiante qu'ils étaient tous montés debout sur les bancs de la classe et qu'un professeur avait été renvoyé de l'école, ou quelque chose de ce genre.

Il entra dans un compartiment où étaient assis un homme accompagné d'une fillette, un monsieur élégant en saharienne beige, et deux époux, sans doute en voyage touristique, si l'on en jugeait par leur tenue et les cartes postales que la femme écrivait.

« Bonjour, cette place est libre ? demanda-t-il, après avoir ouvert la porte vitrée coulissante.

— Entrez, entrez », répondit le monsieur élégant.

Iacopo entra en s'excusant et alla s'asseoir près de la fenêtre, juste en face de lui.

Un train venait d'arriver sur l'autre quai et les personnes qui étaient descendues passaient sous la verrière, chargées de sacs et de pensées. Deux jeunes filles s'étaient jetées joyeusement dans les bras des deux militaires qui les attendaient en haut des escaliers du passage souterrain et qui les étreignaient en les soulevant de terre.

La touriste assise sur le siège face à lui écrivait une adresse sur une carte postale. Son mari s'était aperçu que Iacopo la regardait, et après un moment, il s'adressa à lui comme pour se justifier :

« Depuis que je suis en retraite nous voyageons chaque fois que nous le pouvons. Nous rentrons de Ravenne, une ville superbe. »

Il indiqua d'un geste la tête de sa femme et poursuivit sur un ton complice :

« … Elle écrit des cartes postales et ne pense jamais à les envoyer. Les tiroirs de la maison en sont pleins, mais le plus curieux, c'est que nous rencontrons souvent des gens qui la remercient de l'attention… »

Face à eux, la fillette continuait à parler à mi-voix, la tête appuyée sur l'épaule de son père, dont les yeux fixés dans le vide semblaient absorbés par des préoccupations de travail.

« Papa…, dit-elle un peu plus tard d'une petite voix curieuse.

— Qu'y a-t-il, répondit-il en la caressant affectueusement sur la tête.

— Comment fait-on pour savoir si un ours en peluche est mort ? »

Le père abandonna ses pensées avec un sourire, hésita un peu, puis, sentant les regards interrogatifs de tous les voyageurs peser sur lui, il les regarda tous avec une expression vaguement moqueuse et lui dit à l'oreille quelque chose que personne ne réussit à entendre.

Elle rit, amusée, en s'exclamant : « Tu as raison ! Tu as raison ! » et de sa petite main, elle caressa la grande main que son papa tenait sur sa tête.

Iacopo regarda les autres voyageurs. Il ne s'était jamais aperçu qu'il y avait de la vie partout.

Au cours des années, il avait vécu isolé du monde, comme s'il était sourd et aveugle, uniquement soucieux de ce qu'il y avait en lui. Le reste ne semblait pas digne d'attention. Peut-être avait-il fait la même chose avec Albina. Que savait-il vraiment d'elle ? Il ne l'écoutait jamais et dès qu'elle commençait à parler, il se perdait dans ses pensées.

Mais finalement il avait compris, et il avait devant lui tout le temps qu'il fallait pour changer.

Il regarda le journal que lisait le monsieur à la saharienne. C'était la *Gazzetta di Verona* et la une était consacrée à un crime passionnel.

Iacopo se dit qu'il pourrait tenter d'engager le dialogue. N'importe quel prétexte était bon, comme il l'avait vu faire mille fois dans le train avec agacement.

Il inspira profondément et, après avoir toussé un peu, il dit :

« Excusez-moi, monsieur, si je vous dérange. Mais j'en profite pour vous demander comment on peut acheter à l'avance des billets pour les arènes. »

L'homme répondit avec une voix courtoise :

« Je regrette, mais je ne suis pas de Vérone. J'ai trouvé ce journal sur le siège. »

Iacopo songea un instant qu'il avait échoué mais le monsieur lui demanda aussitôt :

« Et vous, dites-moi, où êtes-vous né ?

— À Viadana, dans la province de Mantoue, répondit Iacopo.

— Ah… je ne connais pas. C'est une belle ville ?

— Très belle, une ville tranquille et pas trop petite. »

L'homme eut une moue circonspecte, il regarda autour de lui et il s'approcha de Iacopo en murmurant :

« … Et, dites-moi, dans quelle ville envisagez-vous de mourir ? »

Iacopo resta interdit et répondit amusé :

« Franchement, je n'y ai jamais pensé.

— Vous avez tort, dit l'homme avec décision, en élevant la voix et en reprenant une position normale.

« Croyez-moi, poursuivit-il, l'endroit où on meurt est beaucoup plus important que celui où on naît. C'est stupide de traîner toute sa vie durant, sur nos papiers, dans notre biographie, comme signe distinctif, et jusque sur nos pierres tombales, le lieu où nous sommes nés. Tout le monde s'en moque ! Ce n'est pas nous qui avons choisi. »

Il regarda par la fenêtre la plaine qui défilait à toute allure.

« Imaginez en revanche quelle beauté, quelle liberté, de pouvoir décider de la ville où on meurt ! Lyon, Coimbra, Lerici, Tsoutsouros, Chambéry… »

Il se tourna à nouveau vers Iacopo.

« Et puis, quand on naît, on ne s'aperçoit vraiment pas de l'endroit où l'on est, quand on meurt en revanche, on le sait ! Le dernier coin de ciel derrière la fenêtre, les dernières pierres d'un mur. Rien que pour ça, on ne devrait pas écrire sur la carte d'identité *Né à…* mais plutôt *Mourra à*... Si ce n'est pas le cas, tant pis, tout peut arriver dans la vie, on peut même mourir soudainement, pas du tout à l'endroit choisi. Mais le déclarer ferait du bien à tous. Cela nous contraindrait à y réfléchir. »

Il baissa à nouveau la voix, se penchant en avant :

« Il suffirait de prévoir l'obligation pour chaque citoyen, à partir de quatorze ans, par exemple, de se présenter à l'état civil pour déclarer l'endroit où il mourra, puis de l'inscrire sur ses papiers. Et il suffirait d'accepter de modifier son choix à chaque renouvellement quinquennal de la carte d'identité. »

Iacopo se vit au bureau des signatures, où il avait demandé mille fois à ses clients leurs données d'état civil, les répétant à la dactylo pour qu'elle les transcrive sur l'acte. Né à Crémone, Sassuolo, Rovigo. Le tout très anonyme et gris, en effet. Mais, fichtre, comme ce serait plus stimulant et vivant de demander : « Et vous docteur, où allez-vous mourir ? » Il imaginait le regard interrogateur des autres clients, des avocats, du fonctionnaire de la banque, et celui, fier, de M. Rossi :

« À Trieste.

— Beau choix, vraiment. Et vous monsieur Bianchi ? »

Une pause de silence, et puis la réponse :

« Moi, je mourrai à Santiago, au Chili. »

Et tout autour des murmures d'approbation et des signes de complaisance admirative.

L'homme sembla lire dans ses pensées et lui demanda :

« Et vous, que faites-vous dans la vie ?

— Notaire.

— Ah, quelle chance ! J'ai toujours désiré faire un travail aussi excitant. »

Iacopo eut la nette sensation que l'homme se moquait de lui maintenant. La profession notariale était certes rentable et prestigieuse, mais tout le contraire de quelque chose d'*excitant*, avec cette répétition infinie d'actes toujours identiques.

« Dites-moi, poursuivit l'homme, il vous arrive souvent de vous attacher à vos clients ? »

L'expression de Iacopo, plus claire peut-être qu'une réponse, le fit rire :

« Je veux dire, à leurs histoires ! Ça doit être fantastique de découvrir la tristesse pour une maison vendue et la joie pour une que l'on achète, de naviguer entre dettes et crédits, testaments, disputes qui se transmettent des générations durant, enfants illégitimes, trahisons... »

L'homme s'arrêta un instant pour regarder le Pô qui, à ce moment précis, coulait majestueusement sous le pont de fer, et dès qu'ils eurent passé la berge, il poursuivit :

« ... J'imagine que c'est irrésistible d'entrer dans toutes ces vies. »

Diantre.

Sans le savoir, cet inconnu était-il en train de lui parler de son père ? Et si c'était ça la clé de son secret, s'il s'était perdu dans les mille vies qui étaient passées devant lui, cachées dans le langage froid des actes notariés, désirant maladivement les vivre toutes ?

« J'avais besoin d'elles pour donner la vie », lui avait-il dit ce matin-là, deux jours plus tôt, en lui donnant le cahier noir avec les prénoms des cinquante-deux mères de ses cinquante-deux frères et sœurs.

Derrière la fenêtre, de l'autre côté de la barrière d'un passage à niveau, quatre chiens couraient vers une place.

Oui, ça devait vraiment être comme ça. Il avait semé des enfants à travers le monde pour qu'ils vivent les vies que lui ne pouvait pas vivre. Celles des enfants de pauvres putains, destinés à devenir voleurs, manœuvres, coursiers, lavandières… Tellement éloignées et différentes de la sienne mais très belles, pleines de passions, de misère, de rêves. Et puis, à la fin de sa vie, il avait décidé de lui ouvrir les yeux à lui aussi, en l'envoyant à Ferrare.

Maintenant il avait envie de courir chez lui parler avec son père, il voulait comprendre qui se cachait derrière ce visage.

Il regarda l'inconnu, perdu lui aussi Dieu sait où, et puis les autres voyageurs du compartiment qui se taisaient à ce moment-là, et il lui sembla voir, pour la première fois, le bouillonnement enchanté que chaque homme porte en lui.

Quel idiot, lui qui pendant tant d'années n'avait regardé que l'enveloppe. Il n'écoutait personne, n'éprouvait aucun intérêt pour tout ce qu'il avait toujours considéré comme des bavardages inutiles, alors que c'étaient autant de petites lucarnes, ouvertes exprès pour laisser les autres accéder au secret bien gardé par le corps.

Il était confus, épuisé par les tempêtes qui lui étaient tombées dessus, il avait envie de bouger, de respirer. Il vit que le train arrivait à Mantoue et décida de se lever un peu à l'avance.

Il prit son cartable et salua l'inconnu :

« Merci pour tout, vraiment. »

L'homme répondit par un sourire.

Iacopo fit glisser la porte vitrée qui donnait sur le couloir et quand il fut dehors il se retourna et, avant de la refermer, il lui dit :

« Moi, je mourrai à Ferrare. »

Dans le couloir, devant les toilettes, il y avait une grosse femme, immobile devant la porte de sortie, avec deux énormes sacs fermés par de la ficelle. Elle se penchait continuellement vers la petite fenêtre, anxieuse de savoir si le train était entré en gare.

Dans la file de personnes qui s'était formée peu à peu pour descendre, une femme avec un grand chapeau racontait un rêve à un homme :

« … Une chose horrible. Je tenais dans mes bras cet enfant inconnu qui pleurait et j'essayais de le consoler quand brusquement sa tête se détache et commence à rouler par terre, dans une rue en pente… »

Elle poussa un grand soupir.

« Je me suis réveillée le cœur battant la chamade. Un cauchemar absurde. »

Le train s'arrêta le long du quai mais au lieu de descendre, la grosse femme s'adressa à la dame au chapeau, l'air stupéfait :

« … Il avait les cheveux roux cet enfant ? »

Tous les gens de la file se tournèrent, pour avoir la

réponse, ils virent le grand chapeau qui acquiesçait, alors ils se tournèrent à nouveau vers la femme, qui poursuivit :

« La tête est arrivée en roulant dans mon rêve, jusque sur mes pieds. Je l'ai ramassée et quand je l'ai prise dans mes bras elle avait à nouveau un petit corps et l'enfant ne pleurait plus, il s'était même mis à sourire. »

Iacopo descendit du train en pensant à ses rêves monotones, pleins seulement de signatures dans son étude et des reproches de son père. Mais maintenant, songea-t-il, eux aussi allaient changer.

Il s'engagea dans les escaliers du passage souterrain parmi les gens qui s'écoulaient comme un fleuve vers des cascades. Il reconnut le monsieur avec les lunettes et le petit homme qui l'avaient agacé pendant le voyage aller, avec cette question maintes fois répétée, « Tu as compris ? » et ce « oui » en réponse, si illogique en l'absence de tout dialogue précédent. Iacopo s'amusait maintenant à la pensée de cette scène et se rappelait bien aussi le nom. Ce fut plus fort que lui, il fut incapable de se retenir. Il leva la tête et se tourna vers le petit homme qui descendait au même moment les escaliers de la gare :

« Tu as compris, Tracchi ? » lui demanda Iacopo sans cesser de marcher.

Il ne se retourna pas mais eut le temps de le voir, la bouche ouverte et le regard ébahi, tandis qu'il acquiesçait lentement de la tête.

La campagne défilait derrière les fenêtres de la voiture.

Le ciel était d'un bleu mêlé de stries sombres qui contrastait avec le jaune vif d'un champ de blé. Une route herbeuse le traversait, venant de loin, puis tournait brusquement avant de repartir en arrière, sous un vol de corbeaux qui passaient bas.

Cela faisait des années qu'il ne regardait pas plus loin que les platanes qui bordaient la route, songea Iacopo.

Maintenant, il allait revoir son père.

Il était dans son grand lit qui l'attendait et, certainement, dès qu'il entrerait, il le fixerait dans les yeux, pour essayer de lire le mépris dans son regard.

Il desserra le nœud de sa cravate et ouvrit le col de sa chemise qui semblait l'étouffer. En un seul jour sa vie avait changé et il voyait tout de façon différente, mais il avait aussi découvert des choses qui, en approchant de chez lui, lui apparaissaient de nouveau dans toute leur gravité. À commencer par la situation avec son épouse.

Un cauchemar. Voilà, peut-être avait-il rêvé, simplement, et la nausée et la sueur froide qui le saisissaient maintenant étaient les premières preuves de son réveil.

Comment son père avait-il pu lui faire une chose pareille ? Passe encore pour cette vie cachée, inversée, absurde, mais pourquoi lui faire épouser sa demi-sœur, pourquoi cette cruauté de le pousser à un rapport incestueux ?

Un doute lui vint : et si Ippolito n'avait pas su qu'Albina était sa fille ? Il essaya de se convaincre, mais la lettre de Ginisca, la prostituée, était très claire : c'est lui qui l'avait conçue, pour la donner secrètement aux époux Tedeschi qui, à l'évidence, ne pouvaient pas avoir d'enfants. Et jusque-là, se répétait Iacopo, cela pouvait passer pour un geste altruiste, en accord avec toute cette folie, mais après, pourquoi les pousser à se marier ? Et pourtant, malheureusement, tout coïncidait ; dans le cahier noir il n'y avait aucune trace d'Albina, sauf cette page arrachée, et la lettre de Ginisca était la seule à ne pas mentionner de reconnaissance de paternité. Et pourquoi son père lui aurait-il annoncé cinquante-deux frères et sœurs quand il savait parfaitement qu'ils étaient cinquante-trois ? Évidemment cette fille était la seule qui devait rester à jamais cachée.

Le ciel était devenu couleur plomb et la pluie n'allait pas tarder à éclater. Sur la digue qui bordait la route, une vieille charrette traînée par un cheval remontait vers l'amont. Deux hommes étaient sur le siège et celui qui tenait les rênes parlait à l'autre, lui montrant du bras quelque chose sur le fleuve.

Il était presque arrivé maintenant et il aurait le temps de se rafraîchir avant de monter dans la chambre avec les idées plus claires. Au début de l'après-midi son père faisait toujours un petit somme, et lui avait déjà mangé quelque chose à la gare de Mantoue, avant de prendre sa voiture.

Il se faufilerait en courant dans son bureau, en disant à sa femme qu'il avait un coup de fil urgent à passer, parce qu'il n'avait pas du tout envie de lui donner la moindre explication et elle, au contraire, l'assaillirait de questions ennuyeuses.

Il s'engagea dans l'allée de la maison et vit qu'une voiture noire inconnue était garée devant la porte. Et puis les volets de la chambre de son père étaient ouverts et, à cette heure-là, ce n'était pas normal.

Il songea tout de suite que quelque chose de grave s'était produit et la confirmation lui arriva aussitôt, quand il vit l'expression de la servante apparue sur le seuil, les mains jointes et pressées sur sa poitrine.

« Venez vite ! lui dit-elle. Votre père a eu une incommodité. »

Iacopo savait bien ce que ce mot voulait dire pour Corinna, parce qu'il l'avait entendue le prononcer quelques années plus tôt, quand elle était descendue dans son bureau pour lui dire que sa mère était mourante.

Il monta les marches quatre à quatre, déjà dévasté par le remords de ne pas être rentré la veille au soir.

Il arriva à l'étage le souffle coupé et trouva Albina qui parlait avec le médecin, devant la porte de la chambre.

« Bonjour, docteur, dit-il en tendant la main.

— Bonjour, maître », répondit-il.

Il sentit le poids du regard impitoyable de sa femme qui l'accusait d'être arrivé trop tard.

« Que s'est-il passé ? demanda-t-il, en essayant de l'ignorer – il serait toujours temps plus tard d'écouter la liste de ses récriminations.

— Cette nuit, votre père a eu un œdème pulmonaire. On m'a appelé tout de suite mais, je dois le dire clairement, il n'y avait rien à faire. »

Il désigna d'un signe de tête le lit, de l'autre côté de la porte, et continua :

« Il est affaibli depuis longtemps, à cause de son obstination à rester au lit sans raison depuis des années, et l'œdème est très important. Cette nuit j'ai déconseillé de l'hospitaliser, ce serait inutile maintenant et malheureusement je dois vous dire qu'il ne passera certainement pas la nuit…

— … Il est conscient ? » demanda Iacopo avec un filet de voix, terrorisé à l'idée de ne jamais plus avoir de réponses aux questions qui avaient ouvert un gouffre dans sa vie.

« Il est dans le coma, maître. Et il n'en sortira plus. »

Ils descendirent l'escalier pour accompagner le médecin, et sa femme et lui s'arrêtèrent sur le seuil, jusqu'à ce que la voiture ait franchi la grille au bout de l'allée. Ils faisaient toujours cela, par respect envers leurs hôtes, comme l'avaient fait, sur le même seuil, son père et sa mère et, avant encore, son grand-père et sa grand-mère.

La voix de sa femme résonna, prévisible :

« Tu ne pouvais pas arriver plus tôt ? »

Il rassembla ses forces pour répondre poliment :

« Non, chérie. Je t'ai expliqué qu'hier soir j'ai manqué le dernier train et ce matin je suis parti avec le premier.

— Mais tu savais qu'il allait mal. »

Ils rentrèrent dans la maison et, pendant qu'ils montaient les escaliers, sa femme continua à le harceler :

« Est-il possible qu'un dossier quelconque soit plus important que de venir assister ton père mourant ?

— Mais comment pouvais-je le savoir ? se défendit Iacopo, cela fait des années qu'il dit qu'il va mal et qu'il ne lui reste pas longtemps à vivre. »

Il prononça ces mots mais au fond de lui cela lui sembla le plus grand mensonge, parce que quand son père lui avait remis le cahier avec les prénoms de ses enfants, il avait très bien compris que cette fois était différente de toutes les autres. Il déglutit pour chasser cette pensée, se retourna et dit :

« Je voudrais rester seul avec mon père. »

Elle le foudroya du regard :

« Il ne s'en rendra plus compte. »

Il entra dans la pièce, ferma la porte à clé et, avant de se retourner, resta un moment immobile, la main sur la poignée. Il sentait derrière lui le vide qui l'écrasait, mais il se dit qu'il devait y arriver ; il inspira profondément, se retourna et s'approcha du grand lit. Son père était allongé sur le dos, la tête posée sur deux oreillers, dans la position où il l'avait vu pendant des années quand il accueillait ses hôtes ou donnait des indications sur les actes à rédiger pendant la journée, mais maintenant il avait les yeux fermés et, de sa bouche ouverte, sortait un râle de mort.

« … Tu aurais pu m'attendre, lui dit-il sur un ton plein de rancœur. J'ai trouvé tes enfants mais qui m'expliquera pour Albina ? Pourquoi m'as-tu caché tout cela ? Pourquoi as-tu chamboulé ma vie et ne m'as-tu pas attendu ? »

Des larmes de rage et de douleur coulaient sur ses joues.

Il s'approcha de son oreille : « Réveille-toi, réveille-toi… »

L'angoisse engloutit toute sa respiration. Pour retrouver son souffle il dut ouvrir grand la bouche et se laisser tomber sur la chaise à côté du lit.

Il devait y avoir un moyen de savoir, de comprendre quelque chose.

Il regarda la pièce pour la première fois depuis le même angle de vue que son père. Elle semblait énorme et il imagina comment devaient lui apparaître, de là, les personnes qui entraient par la porte du fond et traversaient, apeurées, ce grand espace de pénombre au pied du lit. Il lui sembla se voir lui-même, deux jours plus tôt, au matin, ignorant encore tout, penché sur le petit bureau proche du mur, tandis qu'il suivait les indications pour retrouver le cahier noir, caché depuis des années dans le tiroir de droite.

Le testament ! Il se rappela soudain que son père avait

dit qu'il était là-dedans, au milieu d'*autres papiers* qu'il était encore trop tôt pour lire.

Il se leva d'un bond, rejoignit le bureau et ouvrit le tiroir. Il contenait la carte d'identité de son père, un carnet de chèques, des relevés de compte, l'agenda de cuir marron de ses rendez-vous et deux enveloppes sur lesquelles était écrit quelque chose. Il s'approcha de la fenêtre pour avoir un peu de lumière et reconnut sur la première l'écriture de son père : *Testament olographe d'Ippolito Dalla Libera.* Il la retourna et lut : *Pour Iacopo. Ne pas ouvrir avant ma mort.*

Il avait envie de tout déchirer. Pourquoi découvrait-il tout maintenant seulement ? Comment se pouvait-il qu'il n'ait jamais ouvert ce tiroir pendant des années ?

Il retourna, nerveusement, la seconde enveloppe entre ses doigts : allait-il obéir cette fois encore, respecter la volonté de son père qui lui imposait de ne pas l'ouvrir *avant sa mort* ? Il relut ces mots et comprit, à l'écriture beaucoup plus incertaine et tremblante de l'autre enveloppe, qu'ils avaient dû être écrits un certain temps après le testament.

Assez, dit-il.

Assez d'écouter tous ces ordres faux et hypocrites. Il regarda son père étendu sur le lit et murmura : « Maintenant, il est mort », puis il arracha avec ses dents un angle de l'enveloppe, y glissa un doigt comme si c'était un coupe-papier et l'ouvrit, lui désobéissant pour la première fois.

À l'intérieur il y avait une feuille pliée, une longue lettre avec la date de la veille :

Mon cher enfant,

Je t'écris ces mots avec mes dernières forces, pendant que tu es en voyage pour Ferrare.

Hier soir je t'ai attendu, parce que j'imaginais que tu pourrais passer ici, chez moi, comme à la fin de chaque journée de travail. Puis j'ai compris que tu ne monterais pas, rendu furieux par la tempête que j'ai provoquée dans ta vie. Alors j'ai décidé de t'écrire, parce que je ne sais pas si mon corps pourra attendre jusqu'à ton retour. Et peut-être ne reviendras-tu pas ce soir, Iacopo. Quand on entre, comme cela t'arrivera, dans les couleurs brillantes de la vie, il est très difficile d'en sortir aussitôt.

Je ne peux pas t'expliquer comment j'ai pu faire tout cela. Je ne peux pas, simplement parce que je n'ai jamais su ce qui m'a poussé à chercher dans les lieux les plus invraisemblables ce que j'aurais dû trouver ici, dans la tranquillité d'une existence enviable : la famille, l'estime, le travail, l'argent. Je sais seulement que la première fois où il m'est arrivé de rester tout seul, en bas, dans mon bureau, en sachant qu'au même instant, dans une chambre sordide, dans une autre ville, une putain pleurait des douleurs de l'enfantement, mais aussi du bonheur de donner la vie, il m'a semblé que je commençais à vivre.

Alors, je ne me suis plus arrêté, me laissant aller à une frénésie irrationnelle, m'enivrant de la vie que je sentais éclore continuellement et que je voyais se poursuivre et se disperser en mille ruisseaux, dans les vies d'enfants inconnus et libres.

Il a fallu l'approche de la fin pour que se développe en moi l'envie de voir leurs visages, de savoir ce qu'ils ont vécu. Mais je pense que le temps manquera pour que cela se produise. C'est toi qui devras décider dans la solitude, après ma mort, ce qu'il convient de faire avec eux. Je voudrais seulement que, lorsque tu les rencontreras, lorsque tu verras leurs mères, de vieilles prostituées exagérément fardées, tu ne t'arrêtes pas aux apparences.

Dans le quartier où tu vas arriver aujourd'hui, il est facile de le faire, parce que, tu t'en apercevras très vite, là, tout est vivant. C'est avec les autres, avec les personnes normales que tu rencontres pendant le reste de ta vie que c'est plus difficile, pourtant tu devrais réussir à faire la même chose.

Mon enfant, il m'a fallu beaucoup de temps pour comprendre qu'en chaque personne, même celle qui semble la plus austère et la plus froide, il y a un monde interdit et surprenant. Il en est ainsi pour ta femme, ne l'oublie pas, et il en allait ainsi pour ta mère également.

Maintenant je dois trouver la force de te dire la chose la plus difficile, je ne peux pas mourir sans que tu saches.

Iacopo s'appuya au mur d'une main. Il allait certainement lui parler d'Albina et de la folle raison pour laquelle il les avait incités à se marier, sachant qu'ils étaient tous les deux le sang de son sang.

Quelques années avant ta naissance, un jeune prêtre est venu à Viadana. Ta mère, qui fréquentait régulièrement la paroisse, en tomba éperdument amoureuse. Je l'ai appris seulement un soir où elle me dit en pleurant que je devrais la tuer, parce qu'elle m'avait trahi avec lui, et qu'elle était enceinte. Enceinte de toi, Iacopo.

Il se sentit comme un fétu de paille entraîné dans un tourbillon furieux.

Moi qui avais déjà eu de nombreux enfants, qu'aurais-je bien pu lui dire ? Je lui pardonnai d'une caresse sur le visage et ne parlai jamais plus de cela. Mieux, à partir de ce jour-là, je l'aimai plus encore, parce que cet amour interdit qui frémissait dans son corps de femme intègre me rendait fou. Parce que c'était un amour véritable, Iacopo, pas la folie d'un instant. Lorsque, bien avant ta naissance, le jeune prêtre fut transféré dans un village de Calabre, elle commença à souffrir et lui écrivit un nombre incalculable de lettres qu'elle n'a jamais envoyées ; elle les gardait dans un coffret au fond de son armoire (si tu veux tu pourras les lire, elles y sont encore) et lorsque je les ai trouvées un jour, et lues, j'ai pleuré pendant des heures. Pas à cause de la douleur de la trahison, mais à cause de la beauté de cet amour tenu secret, interdit et absurde comme les miennes. C'est aussi pourquoi, lorsque j'ai appris, des années plus tard, que le prêtre était mort de tuberculose, je ne lui ai rien dit, mais je te le dis maintenant, parce qu'il est juste que tu saches que ton père, don Lorenzo Bertè, a quitté ce monde le 16 août 1946.

À ta naissance, l'accouchement a été très dur pour ta maman et, comme tu le sais, on lui annonça qu'elle ne pourrait plus avoir d'enfants. Dès lors, nous avons vécu nos secrets côte à côte et nous nous sommes aimés, parce que l'amour, comme la vie, est fait aussi de mensonges. Aime-les toi aussi, Iacopo, et dans les jours qui viendront, ne cherche pas toujours et seulement la vérité.

Maintenant que je t'ai tout dit, je voudrais juste que tu saches que, pas un instant, je n'ai pensé que tu n'étais pas mon fils. Pour moi, tu l'as été, chair de ma chair, depuis le moment où je t'ai vu, nu et souillé de sang, dans les bras de la sage-femme. La vie est une et c'est la même pour tous : nous n'en sommes que des fragments. C'est elle qui nous prend, nous traverse, nous emporte et se cache là où nous n'irions jamais la chercher.

Tu as encore beaucoup de temps devant toi. Cherche-la partout. Et vis-la.

Iacopo avait les yeux gonflés de larmes et le cœur déchiré.

Il vit une chaise près du mur et pensa s'y asseoir avant d'aller s'installer à côté du lit pour tenir la main de son père. Il s'assit, frôlant des doigts la paille sous lui, comme il faisait enfant, lorsque, pendant les repas, il en arrachait nerveusement des brins pour calmer son envie de courir jouer dans le jardin.

Il resta immobile à se regarder dans le grand miroir en face de lui. Il était encore très jeune, songea-t-il, rasé et soigné, les cheveux très noirs, une cravate foncée sur sa chemise blanche, sa veste déboutonnée et une pochette bordée de marron qui sortait de sa poche. La lettre, l'enveloppe avec le testament et les autres papiers du tiroir étaient maintenant posés sur la boîte de métal ornée de fleurs peintes où son père gardait des bonbons et des biscuits pour ses hôtes. Il y avait aussi le minuscule agenda de cuir sur lequel il notait méticuleusement tous ses rendez-vous.

Mort, aurait-il dû écrire cet après-midi.

Il fixa encore longuement ses yeux sur l'image reflétée, puis se tourna vers le vide de la pièce, fermant et rouvrant les paupières très lentement. Il savait qu'en faisant cela, tout lui apparaîtrait comme dans un film au ralenti et il voulait que tout aille moins vite. Il avait besoin de temps, parce qu'il ne savait même plus qui il était, lui qui était assis sur cette chaise à regarder mourir un vieil homme.

Il était désespérément seul.

Il avait besoin de se raccrocher à quelque chose mais tout glissait entre ses doigts. Il trouva le sourire de Mila, inconscient et heureux parmi les misères d'une vie infortunée. Il sentit le parfum interdit de sa nuque et ferma les yeux, se laissant sauver par elle.

Il eut l'impression d'entendre sa voix rieuse. « Que c'est beau ! Voilà pourquoi Ippolito t'a laissé épouser Albina ! » se serait-elle écriée en écoutant le récit de Iacopo.

« Je suis le fils de ma mère et d'un jeune prêtre de passage au village, alors que ma femme n'est pas la fille de ses parents, mais de mon père et d'une prostituée nommée Ginisca. Au moins n'est-elle pas ma sœur, comme je l'avais craint, et les cinquante-deux autres ne sont pas davantage mes frères et sœurs. Songe un peu, Mila, en deux jours à peine, me voilà redevenu fils unique ! »

Il éclata en un sanglot bruyant qui maintenant se mêlait avec son rire. Il aurait dû frémir d'horreur et pourtant son histoire lui semblait tellement belle que, même dans le quartier, les voleurs et les putains se seraient sans doute arrêtés pour l'écouter.

L'histoire d'Ermano, l'homme qui pensait être le fils d'Ernesto et ne l'était pas.

Il le regarda encore une fois râler sur son lit et la voix d'Albina résonna à nouveau dans sa tête, quand elle lui avait dit peu de temps auparavant :

« Toute la journée d'hier il n'a fait que demander après toi.

— Je regrette, mais il savait bien où j'étais, à sa demande », avait-il répondu, fermement, pour masquer la douleur violente que ces mots lui avaient causée.

Il comprenait maintenant le désir impatient de son père de savoir quelque chose de ses enfants avant de mourir. C'était comme s'il ressentait son angoisse d'avoir le temps d'en voir au moins un, de prendre ses mains et de caresser lentement son visage en lui murmurant « mon enfant ».

Iacopo eut l'impression de les voir tous les cinquante-deux, entassés dans la salle d'entrée, à côté de leurs mères vêtues des robes noires qu'elles gardaient dans des armoires pour les grandes occasions, et qui sentaient la naphtaline. Il s'imagina aller les chercher pour les accompagner, une par une, dans la chambre d'Ernesto à l'étage au-dessus, directement dans le rêve auquel elles avaient cru toute leur vie. C'était comme s'il revoyait tous les visages des putains qu'il avait découvertes dans les lettres de Vincente ; de pauvres femmes qui, pour manger, avaient vécu dans la saleté des hommes, se gardant propres à l'intérieur.

Il imagina prendre Gabriella dans ses bras, légère comme un oisillon, pour l'apporter dans la chambre et la faire asseoir à côté du lit, les yeux clos, comme il l'avait vue en entrant chez elle. Mila serait montée avec eux elle aussi et ils auraient longuement parlé d'Anna avec Ippolito. Ils lui auraient dit combien elle était belle, quelle inscription elle avait voulue sur sa tombe et, surtout, à quel point elle l'avait aimé sans le connaître. Et il aurait pleuré de douleur et de joie, en lisant la lettre qu'Anna lui avait écrite pour lui laisser Mila comme fille, à sa place.

Iacopo sentit un calme très doux combler le vide qui s'était formé en lui.

Peut-être Ippolito lui avait-il fait épouser Albina car ainsi leurs enfants seraient vraiment ses petits-enfants, le sang de son sang.

Maintenant il allait se lever, il traverserait la pièce pour aller s'asseoir à côté du grand lit et glisser à l'oreille du notaire Ippolito Dalla Libera qu'il pouvait mourir tranquille, car jamais autant que maintenant il ne l'avait aimé comme un père.

Il lui prit la main. Elle était froide et il pensa la réchauffer en la tenant entre les siennes.

Il leva la tête vers les fresques du plafond pour essayer d'arrêter ses larmes, et se rappela un soir où ses parents l'avaient accueilli dans leur grand lit. Il était petit et pour lui faire oublier le mauvais rêve qui l'avait réveillé, sa mère l'avait installé contre son épaule, plus douce qu'un oreiller, et son père avait commencé une de ces histoires magiques qu'il aimait tant, lui montrant les angelots dessinés à côté du volcan mystérieux, qui était encore là, des années plus tard, songea-t-il en regardant le nuage de fumée blanche qui montait vers le ciel.

Il posa une main sur le front de son père, lisse comme de la cire froide, et sur ces lèvres desséchées, qui avaient cherché l'amour partout.

« Papa… », dit-il seulement, la voix brisée.

Il sentit sa main se crisper tout d'un coup, comme si elle avait été traversée par une décharge électrique, violente et soudaine. Il le vit raidir sa nuque sur son oreiller, ouvrir les yeux en les écarquillant pendant un instant infini : ils avaient la lumière de ceux d'un enfant, surpris par des choses jamais vues.

Puis ses paupières se baissèrent à peine, sa tête s'inclina de côté, et il mourut.

Il passa un temps qui lui sembla très long à côté du lit.

Il ne pensait à rien, ni aux souvenirs, ni à la mort, ni au monde qui s'était écroulé sur lui.

Il savourait seulement le silence absolu. Être le seul à savoir que son père avait expiré. Il lui semblait que cela rétablissait la complicité qui avait toujours manqué entre eux.

Pourtant, maintenant, il devait aller voir Albina.

Il descendit les escaliers, sachant qu'il la trouverait à table, parce que l'heure du dîner était passée. Déjà vêtue de deuil, bien sûr, encore plus de noir que d'habitude.

Il veilla à ne pas faire bouger les dalles disjointes du carrelage de terre cuite et poussa doucement la porte de la salle à manger pour s'ouvrir juste un passage. En la voyant sans être vu, il comprendrait si elle était au moins capable d'éprouver de la douleur.

Il resta sans voix.

Pour la première fois depuis leur mariage, sa femme n'était pas vêtue de sombre. Elle portait un gros pull-over rouge vif, très ample. Elle était comme repliée sur elle-même, les coudes sur la table, la tête inclinée appuyée sur son poing droit. Son regard triste était baissé vers l'assiette vide posée devant elle avec une tasse à café et une petite cuiller jetée sur la nappe blanche.

Il ne l'avait jamais vue ainsi. Elle semblait différente, presque douce et sans défense.

Iacopo se rappelait bien ce pull-over : c'était un cadeau de son père pour un anniversaire, plusieurs années auparavant, peut-être juste après leur mariage. Elle l'avait remercié d'un air détaché. Le soir même, elle l'avait glissé dans un sac de cellophane et mis dans le tiroir du bas de la commode, en marmonnant qu'elle ne comprenait pas comment son beau-père pouvait imaginer qu'elle porterait une couleur pareille.

Ils dormaient encore ensemble à l'époque.

Il resta encore un peu à la regarder par la fente de la porte, douce dans sa douleur secrète, sans sa raideur habituelle.

Si elle s'était habillée ainsi, alors qu'Ippolito était mourant, c'est peut-être parce qu'elle savait qu'elle était sa fille.

Il décida d'entrer. Il revint sur ses pas en silence, jusqu'à la dernière marche de l'escalier, pour se faire annoncer par le bruit habituel de son passage sur les dalles décollées.

Il ouvrit la porte et trouva une autre femme.

Elle portait certes le pull-over rouge mais avait repris sa position coutumière, le dos droit éloigné du dossier et les avant-bras appuyés sur le bord de la table, devant la tasse et la cuiller soigneusement posées sur l'assiette. À en juger par l'expression de son visage, elle semblait agacée par la couleur de son pull-over, comme si elle avait été contrainte de le porter.

D'une voix glaciale, elle demanda :

« Il est mort ? »

Iacopo acquiesça en silence et elle fit un rapide signe de croix, en murmurant une prière entre ses lèvres.

Puis elle se leva et, les deux mains posées sur le bord de la table, elle dit :

« Tu veux que je te réchauffe le potage ou dois-tu d'abord appeler les pompes funèbres ?

— Merci, mais je n'ai pas faim pour l'instant.

— Alors je monte dire un chapelet.

— … Habillée comme ça ?

— Oui, c'était un de ses cadeaux et je lui avais promis que je le porterais un jour ou l'autre. »

Après avoir informé du décès les parents, les amis les plus proches, le maire, le secrétariat de la chambre des notaires, Iacopo alla se reposer.

Il était assis à la table de son bureau privé et, en attendant que l'opératrice de la Timo lui passe les appels demandés, il s'était mis à écrire le faire-part de décès pour la *Gazzetta*. Il fit plusieurs essais, parce que la formule solennelle et austère, adaptée à une figure publique comme celle de son père, lui semblait désormais totalement déplacée, mais il ne pouvait pourtant pas trahir le secret d'une vie en quelques lignes, sous une photo, dans la rubrique des décès.

Il savait qu'il devait écrire :

Son fils Iacopo et sa belle-fille Albina
Ont la douleur d'annoncer que
L'illustre notaire, le mari et père exemplaire,
Ippolito Dalla Libera
A rejoint au ciel sa chère Eleanora.

Mais cela lui semblait insuffisant. Il couvrit la feuille de ratures et de corrections, parce qu'il aurait voulu être honnête et, au moins après sa mort, publier la vérité :

Ses cinquante-trois enfants
Et son beau-fils Iacopo
Nous font part de la disparition
Après une vie de contraintes
D'Ippolito Dalla Libera
Amateur de putains, menteur,
Notaire.

Il continua à griffonner entre deux coups de téléphone, puis, alors qu'il parlait avec des cousins de Vérone, lui vint à l'esprit une formule qui se prêtait à une double lecture :

Ippolito Dalla Libera
Notaire
Père de nombreux enfants par ses actes
Est passé à une vie meilleure.

Voilà. De cette façon, personne ne comprendrait et beaucoup au contraire apprécieraient cette référence délicate à la précision de ses actes, des actes de propriété aux testaments, modèle et exemple pour tous ses collègues plus jeunes, alors que la vérité se cachait justement derrière cette phrase. En relisant ces mots un à un, à plusieurs reprises, Iacopo était content de lui : père de nombreux enfants *par ses actes*. Autant de baises merveilleuses, songea-t-il satisfait.

Avant d'aller se coucher, il voulut le revoir une dernière fois.

Il arriva sur le seuil de la porte de la chambre, alluma le plafonnier et il lui sembla le voir se lever du lit, très élégant dans un smoking noir, un sourire sur le visage. Il avait un bras tendu vers le centre de la chambre, comme s'il invitait quelqu'un à danser, et quand Iacopo vit sa mère qui s'avançait elle aussi pour rejoindre la main de son mari tendue dans l'air, il entendit une musique bouleversante remplir le silence de la pièce. C'était le crescendo de la *Valse triste* de Sibelius, qui semblait emporter ses parents, comme s'ils étaient maintenant assez légers pour pouvoir danser en effleurant à peine le sol. Elle portait une longue robe de soie claire et, dans les cheveux, un petit œillet blanc. Il l'étreignait, pour l'entraîner avec lui dans les tourbillons qu'ils dessinaient à travers la pièce, au pied du lit, entre la commode et les grands miroirs dorés. Iacopo vit que son père avait les yeux pleins de larmes, comme des pleurs longtemps attendus et qui jaillissaient enfin, tandis que sa mère, souriante, les yeux fermés, lui caressait doucement la tête.

Le lendemain matin arrivèrent les parents, les autorités locales, les confrères et même le vieux président de la chambre des notaires de Mantoue.

Ils s'approchèrent du grand lit, comme ils l'avaient fait tant de fois pour venir le saluer ou demander un avis à ce professionnel sage et intègre, mais cette fois il ne pouvait pas leur donner de conseils. Les bras croisés sur la poitrine, il reposait dans un cercueil de noyer, avec un costume sombre et une cravate.

En assistant à sa toilette, Iacopo s'était dit qu'il n'aimerait certainement pas être enterré ainsi habillé, aussi avait-il glissé un billet aux hommes des pompes funèbres, pour que, avant de sceller le cercueil, ils lui enlèvent ces vêtements et ces chaussures étouffantes. Il leur ordonna de lui remettre, sans que personne ne les voie, la grande robe de chambre blanche avec laquelle il avait passé ses dernières années.

Et plus tard, tandis qu'il accompagnait les personnes venues rendre hommage à son père, l'illustre notaire, Ippolito Dalla Libera, imposant dans son élégance antique, avec ses initiales brodées sur la pochette qui sortait de sa poche de poitrine, Iacopo l'imaginait déjà les jambes légèrement écartées dans son cercueil, ses pieds nus dépassant de la grande robe de chambre.

Les personnes venues pour les condoléances murmuraient des phrases de circonstance : « c'était un grand homme, soyez fier de votre père, il l'a toujours été de vous, il a rejoint sa chère épouse » et ainsi de suite. Puis ils repartaient en hâte au travail et Iacopo, de la fenêtre, les regardait sortir du parc.

« Qui sait ce qu'ils sont vraiment », se demandait-il, imaginant leurs désirs secrets.

À la messe le lendemain matin, l'archiprêtre fit, de la chaire des célébrations importantes, une homélie pleine de louanges hyperboliques pour l'homme de foi, pour le mari exemplaire même après son veuvage, pour ce père capable de transmettre les valeurs les plus solides aux nouvelles générations.

La nef de l'église était pleine de monde. Tous semblaient contrits dans la douleur, les femmes sous leur voile noir et les hommes qui par respect restaient debout immobiles, le menton tendu vers l'autel, même quand on pouvait s'asseoir sur les bancs. Du premier rang, Iacopo regardait autour de lui, bougeant à peine la tête, alors qu'il aurait voulu se retourner pour voir chacun en face. De là, la seule qui lui semblait vraiment émue était Corinna, la servante, qui sanglotait en s'essuyant constamment les yeux. Elle avait toujours été discrète, comme détachée de leurs histoires familiales, et pourtant ces pleurs étaient sincères.

Peut-être qu'elle aussi…, songea Iacopo.

À la fin de la messe, les gens sortirent pour attendre le cercueil et les parents proches.

Amis et connaissances étaient silencieux, la mine attristée. En sortant de l'église, Iacopo retint difficilement un sourire, car lui aussi avait été très souvent à l'extérieur, à attendre, et il se rappelait très bien ce qui se passait sur le parvis, dans ces occasions. Il y avait une gaieté difficilement contrôlable, parce que des gens qui ne s'étaient pas vus depuis des années s'embrassaient avec enthousiasme, évoquant des souvenirs qui revenaient en un instant. Et puis il y avait ceux qui regardaient nerveusement leur montre depuis l'homélie, pressés de partir et qui, sitôt la portière de la voiture funèbre refermée sur le cercueil et les couronnes de fleurs, s'approchaient très vite des parents pour les embrasser sans attendre et courir à leurs voitures, en se querellant sans raison avec leurs épouses.

Iacopo salua toutes les personnes présentes, une par une, puis monta dans sa voiture avec Albina et Irene, la meilleure amie de sa femme, et se rangea derrière le corbillard, suivi par un petit cortège de véhicules qui accompagnerait son père jusqu'au cimetière de la ville.

C'est son grand-père Innocenzo qui avait voulu transférer le caveau familial à Mantoue, se montrant absolument intraitable même quand tous les parents avaient tenté de s'opposer à son choix :

« Les notaires doivent être enterrés en ville, avait-il dit, péremptoire. C'est la place qui convient à ceux qui ont étudié le droit puis exercé le métier. Ce n'est certainement pas une pauvre tombe dans un cimetière au milieu des champs de betterave qui peut nous accueillir pour l'éternité. »

Il avait donc fait construire un petit temple, avec tout l'espace nécessaire pour dix cercueils, puis il avait fait inscrire au-dessus de la porte, en grandes lettres de métal sur la pierre grise, *Famille Dalla Libera.*

Il y avait déjà à l'intérieur ses grands-parents paternels, sa mère et, à partir de l'après-midi, il y aurait également son père.

En moins d'une heure, ils arrivèrent au cimetière monumental et Iacopo le retrouva, soigné comme toujours, avec ses allées bien propres, les tombes disposées entre des haies bien taillées et entourées de gravier, pour ne pas salir les chaussures les jours de pluie.

Rien à voir, songea Iacopo, avec le chaos et la terre nue qu'il avait vus dans le petit cimetière des putains.

Une dizaine de personnes assistèrent au rite de la sépulture. Iacopo regardait les niches et songeait qu'il occuperait la troisième en haut, et sa femme, celle de la rangée en face.

Lorsque les maçons commencèrent à sceller la grande dalle de marbre encore sans inscription, il s'approcha du prêtre, lui donna discrètement l'enveloppe avec son offrande et se dirigea, seul, vers la sortie du cimetière.

Le long de l'allée de cyprès, il croisa une vieille femme vêtue de noir qui tenait dans ses bras un vase plein d'eau.

« Qui est mort ? lui demanda-t-elle à mi-voix.

— Mon père, répondit Iacopo.

— Oh, je suis désolée ! Mes condoléances à votre famille. »

Elle s'était arrêtée, le regard tourné vers les personnes qui étaient encore immobiles devant le petit temple.

« Mais, dites-moi, monsieur, poursuivit-elle, votre père était veuf ? »

Iacopo acquiesça.

« Mes condoléances aussi pour votre maman, alors. Et il avait d'autres enfants ? »

Il hésita un instant puis il dit d'un ton moqueur, comme pour la surprendre :

« Oui, il en avait cinquante-trois autres. »

La petite vieille redressa le vase dont l'eau continuait à couler sur le sol, eut un grand sourire et dit :

« Magnifique ! Mais pas que des garçons, n'est-ce pas ? »

Puis, sans attendre, elle repartit vers ses fleurs qui l'attendaient, assoiffées.

Le lendemain, Iacopo s'enferma dans son bureau pour tenter de remettre de l'ordre dans ses pensées.

Il commença par la difficile décision à prendre à l'égard de ses frères et sœurs naturels. Tout était encore plus paradoxal maintenant que son père était mort sans avoir eu le temps de les reconnaître légalement, mais désormais il avait chargé Vincente de les retrouver et s'il avait essayé de disparaître en faisant perdre sa trace, ils l'auraient facilement dépisté et les procès n'auraient pas tardé. Et ils auraient causé un énorme scandale. Mais, de toute façon, il ne commettrait jamais une telle incorrection : c'était la volonté de son père et il fallait la respecter, surtout maintenant qu'il savait que seuls ses demi-frères et sœurs étaient vraiment ses enfants, contrairement à lui.

Il n'arrivait toujours pas à y croire, il était trop bouleversé et avait besoin au contraire de réfléchir calmement à une solution appropriée pour l'héritage.

En revanche, il devait sans attendre essayer de comprendre ce que sa femme savait de toutes ces histoires.

Dans la lettre où Ippolito lui expliquait pour lui et sa mère, il n'avait rien dit d'Albina et dans le cahier non plus il n'y avait rien. Sans la lettre trouvée par Vincente, personne n'aurait jamais découvert qu'elle n'était pas la fille des Tedeschi.

Iacopo s'était pourtant demandé si Albina ne savait pas quelque chose, d'abord en la voyant avec ce pull-over rouge le soir de la mort, puis en l'observant pendant qu'ils accueillaient les autorités venues rendre hommage à la dépouille : il l'avait vue plusieurs fois pleurer sous son voile noir et même sangloter pendant la messe. Pendant le voyage en voiture vers le cimetière de la ville, elle n'avait pas dit un mot, le regard fixé sur le corbillard qui avançait lentement devant eux, tandis qu'Irene, assise sur le siège arrière, lui caressait la tête pour la consoler.

Peut-être était-ce lui maintenant qui voyait tout sous une lumière déformante mais cela ressemblait plus à la douleur d'une fille qu'à celle d'une simple belle-fille.

Il décida de profiter de la journée suivante, quand Albina serait à la Madonna del Poggetto, pour son pèlerinage habituel du troisième dimanche du mois.

Il avait insisté pour qu'elle n'y renonce pas :

« Ne t'inquiète pas pour moi, chérie. Il vaut mieux que tu ailles prier pour papa. Irene t'accompagnera et je resterai ici pour ranger les papiers de la succession. »

Le lendemain, il les regarda sortir, vêtues de noir et un foulard étroitement noué sur la tête. Elle marchait, raide comme toujours, son sac à main serré sous son bras. Pour être bien sûr qu'elles étaient parties, Iacopo attendit à la fenêtre que passe l'autobus plein de paroissiens et il réussit à les voir, assises au premier rang, le regard baissé, certainement vers leurs doigts qui couraient le long du chapelet.

Corinna était partie chez sa sœur. La maison était déserte maintenant.

Il monta les escaliers pour aller chercher un papier, un billet, une lettre, quelque chose qui lui permettrait de comprendre si sa femme savait qu'elle était la fille de son propre père.

Il fouilla d'abord dans les tiroirs bien rangés de la commode et dans les armoires où elle gardait tout scrupuleusement plié. Iacopo veillait donc à remettre chaque chose exactement comme avant.

Il passa ensuite à la lingerie, cherchant dans la grande armoire en noyer, derrière les piles de draps et de serviettes pliés. Il trouva tout le linge de son trousseau qu'elle n'avait jamais voulu utiliser pour ne pas l'abîmer et s'attarda à regarder chaque pièce, songeant à toutes les années identiques qui s'étaient écoulées depuis le jour de leur mariage.

Il lui semblait que tout avait toujours été gris et silencieux, comme le ciel de cette journée.

Il ne trouva rien, hormis quelques photos et des lettres d'une vieille amie partie habiter dans le Sud, qui se plaignait de la famille de son mari.

Il allait renoncer lorsqu'il songea au grenier où elle avait rassemblé les affaires de ses parents après la mort de sa mère.

Il monta l'escalier de ciment brillant et poussa la porte sur sa droite.

Cela faisait des années qu'il n'était pas venu là.

Il vit des caisses et des malles bien alignées contre les murs, comme pour laisser un espace au centre, éclairé par une lucarne et couvert d'un étrange tapis qu'il ne se souvenait pas avoir acheté.

Il commença à ouvrir une à une les caisses, pleines de vêtements et de bibelots sans valeur qu'elle avait décidé de garder.

Il ouvrit ensuite la plus grande malle, qui était dans la partie basse du grenier.

Il ne comprit pas. Il y avait un projecteur, des dizaines de boîtes rondes en aluminium, pour des pellicules de différentes tailles, et une caméra avec un pied.

Il ne savait pas que ses beaux-parents faisaient des vidéos pendant leurs vacances à Gabicce. Il était surprenant que sa femme ne lui en ait jamais parlé.

Dans une des boîtes il vit une bobine avec une petite étiquette adhésive blanche, sur laquelle était écrite une date de l'année précédente.

Là, il y avait quelque chose qui n'allait pas : ses beaux-parents étaient morts des années auparavant.

Il devait regarder ce film. Il sortit le projecteur, se tourna pour chercher où le poser et s'aperçut qu'un escabeau en bois était déjà installé face à un mur parfaitement blanc.

Il installa le projecteur, brancha la prise, puis fit glisser la bobine sur l'axe. Il savait bien comment faire passer la pellicule dans le parcours entre les engrenages, avant de l'insérer dans la fente de l'autre bobine vide.

Il vérifia que tout était en place, tira les rideaux pour

obscurcir la lucarne, s'assit sur une caisse et fit démarrer le projecteur.

Le rectangle de lumière se dessina sur le mur, traversé de fils noirs qui bougeaient par à-coups, puis apparut une inscription au centre d'une feuille jaune, avec des dessins brodés aux angles, comme pour les titres d'un film muet : *Féminité.*

Qu'est-ce que c'est que ça ? songea Iacopo en fronçant les sourcils.

Projetées sur le mur apparurent d'abord les images en noir et blanc de cette même pièce, et aussitôt après, les jambes nues d'une femme, filmées de dos. Elle marchait vers le mur, traînant sur le sol une petite combinaison dont elle tenait d'un doigt les fines bretelles. Puis elle se retournait et restait immobile, ne laissant voir que ses pieds et ses genoux légèrement cagneux.

Avant que Iacopo ait eu le temps de penser à quoi que ce soit, le corps entier de la femme, appuyée au mur, complètement nue, apparut sur l'écran.

Il déglutit, prêt à s'évanouir.

Ce n'était pas possible, ce devait être une hallucination.

C'était Albina qui regardait fixement l'objectif, sans la moindre honte. Elle restait ainsi immobile pendant quelques secondes, laissait tomber sa combinaison par terre et commençait à danser. Elle bougeait les bras vers le haut, tournant sur elle-même comme une danseuse classique qui suit une note de musique très douce. Enfin elle se couchait lentement sur un côté et, entourant ses jambes de ses bras, se repliait sur elle-même, comme si elle rentrait dans un bourgeon, posé sur le tapis. Elle restait là, immobile, pendant un moment, avant de se lever et de remercier le public, d'une courbette en direction de la caméra.

Iacopo entendit le bruit de la pellicule terminée qui claquait entre les engrenages, mais il n'arrivait pas à détourner son regard du rectangle sur le mur, redevenu une simple surface blanche.

Il ne pensait à rien.

Il se sentait seulement la tête vide et, dedans, le vent qui soufflait très fort.

Où avait-il vécu pendant des années sans s'apercevoir de rien ? Était-il aveugle ?

D'abord son père, les putains, ses cinquante-trois enfants, sa mère avec le prêtre et maintenant, sa femme !

Il prit sa tête entre ses mains et se mit à rire nerveusement. Il se sentait plein de pitié envers lui, l'imbécile.

Il se leva, posa la bobine dans la boîte, la remit dans la malle et commença à fouiller. Sur plusieurs des boîtes rondes était collée une étiquette avec une inscription comme ce *Féminité*, des titres à l'évidence.

Il choisit *L'écho*.

Il répéta les mêmes gestes sur le projecteur et retourna s'asseoir.

Il sentait tout très loin de lui. À nouveau le bourdonnement, puis le rectangle de lumière, puis le titre sur la feuille encadrée et, cette fois, les images de la grande salle à manger, complètement vide, sans meubles.

Ça doit être quand nous avons fait les travaux de peinture, songea Iacopo, résigné.

Puis elle apparaissait, vêtue d'une longue robe, blanche comme les murs nus. Elle courait vers un angle de la pièce et là, elle s'arrêtait pour hurler, les mains de chaque côté de la bouche. Aussitôt après se succédaient des fragments très rapides du plafond, des murs, du sol, comme pour suivre l'écho de sa voix qui rebondissait partout. Et à nouveau elle qui courait vers l'angle opposé, avec une robe différente, noire cette fois. L'image passait sur son visage au premier plan, les yeux écarquillés, puis, lentement sur la pièce vide et encore sur son regard empli de terreur et sur ses mains pressées de chaque côté de sa bouche grande ouverte. Maintenant elle n'était plus dans la salle à manger, mais devant la rambarde du pont sur le fleuve et un couchant embrasé. Comme si elle voulait faire comprendre que de sa gorge ne sortait plus désormais que le silence, qu'elle n'était plus capable de crier, où qu'elle aille.

Elle était donc sortie de la maison pour se filmer avec la caméra et le chevalet, au risque d'être vue, et cela ne lui ressemblait vraiment pas. Mais d'où venait cette folie ? Du sang de son père, certainement. Et alors, qui était la femme qu'il avait connue ? Qu'est-ce que sa femme avait à voir avec ces films, superbes par ailleurs, bon sang ? Et où avait-elle appris à tourner des scènes de cette façon ? On aurait dit de vieux films muets tournés par un véritable réalisateur, or Albina accompagnait tout au plus les enfants de l'orphelinat au cinéma de la paroisse, le dimanche après-midi.

Il devait en voir d'autres. Il devait comprendre.

Il plongea sa main dans la malle et saisit une autre bobine, au hasard.

Cette fois, devant lui, apparurent au premier plan les pieds nus de sa femme, filmés d'en haut, par elle-même, tandis qu'elle marchait. Ils descendaient les marches, passaient d'abord sur le carrelage blanc et noir du rez-de-chaussée, puis sur les tommettes du bureau. Elle appuyait à peine les pointes, légère comme une fée. Iacopo reconnaissait chaque mètre de la maison : maintenant, elle s'approchait de la chambre à coucher de son père. Voilà les longues lames du parquet. Les pieds nus les effleuraient à peine, s'approchant du grand lit, puis ils s'arrêtaient, les talons se posaient sur la partie sombre du bois et après seulement, la caméra remontait, lentement, jusqu'à ce que le visage de son père apparaisse enfin sur l'écran : il reposait sur ses oreillers et riait, tandis que d'une main il continuait à lui faire signe d'arrêter.

La bande qui claquait entre les engrenages lui annonça la fin de la pellicule.

« Voilà, il ne me manquait plus que ça... », murmura-t-il avec une grimace presque satisfaite.

Son père était donc au courant des petits films d'Albina.

Il n'entendait même plus le bruit du projecteur qui tournait à vide : s'il se laissait filmer au lit, songeait-il, et si en plus il riait avec une complicité qu'ils n'avaient jamais montrée à personne, il était évident qu'elle savait être sa fille.

Bien sûr, c'était la seule explication possible : elle

savait tout. Il prit la boîte en aluminium et la retourna pour lire le titre.

Sur l'étiquette blanche était écrit : *Même sang.*

De l'air. Il avait besoin d'air.

Il desserra le nœud de sa cravate et arracha nerveusement le bouton de son col de chemise qui résistait. Il ouvrit grand la lucarne et passa la tête dehors, pour respirer.

Il y avait quelque chose qui ne cadrait pas : si sa femme savait qu'Ippolito était son père, elle devait nécessairement savoir que lui n'était pas son fils. Accepter une relation incestueuse était au-delà des forces de n'importe qui et ils avaient fait l'amour plusieurs fois, les premières années de leur mariage. Non, évidemment, Albina était au courant de tout.

Il s'assit sur le bord de la malle.

Quand même, ils se sont tous bien foutus de moi, songea-t-il.

La vie méthodique et rangée de sa famille flottait sur une mer de folie, et sans le savoir, il était le principal interprète de la comédie mise en scène. Mieux même, il jouait avec application et scrupule son rôle de merde.

Il passa les mains dans ses cheveux.

Pourquoi ne lui avait-on jamais rien dit ? Pourquoi sa mère s'était-elle tue ? Pourquoi tous ces mensonges pour cacher la partie la plus belle de la vie, celle qu'il venait juste de découvrir avec Mila, au milieu des voleurs et des putains ?

Maintenant qu'il savait tout, il sentait que cette tempête l'avait libéré d'un seul coup de la grisaille qui avait décoloré chaque jour de son existence. C'est pour les autres qu'il souffrait, pas pour lui. Il lui semblait éprouver la peine qu'ils s'étaient tous imposée, l'angoisse de ces vies, étouffées dans les cuirasses avec lesquelles ils devaient absolument se montrer au reste du monde, parce que c'est ce qui était écrit pour eux : on pouvait secrètement désobéir au destin, jamais se rebeller.

Son père, par exemple, emprisonné depuis toujours dans ses cols amidonnés de notaire de province ou sa mère, emportée par un amour impossible.

Il baissa lentement la tête vers le sol.

Sa femme aussi, contrainte de cacher derrière un masque de froideur ce volcan de désirs et de secrets qui explosaient en elle.

Il sentit le poids des regrets lui écraser la poitrine. Tous les jours elle était près de lui, vivant la même vie, mais il ne l'avait jamais vue, comme un meuble que l'on déplace dans la maison. On le remarque les premiers jours, puis, avec le temps, l'œil ne le voit plus.

Peut-être avait-elle essayé de capter un regard, un seul, pour lui montrer la beauté qu'elle avait en elle. Peut-être avait-elle attendu un mot, ou un sourire qui n'était jamais venu, parce qu'il était toujours ailleurs, toujours trop loin.

Il se rappela le pull-over rouge, la douceur qu'il avait découverte la veille et il éprouva le désir de revenir en arrière, de recommencer du début, maintenant qu'il avait compris qu'Albina avait vécu une vie qui n'était pas la sienne.

Il n'est peut-être pas trop tard. Peut-être attend-elle encore, songea-t-il.

Il regarda les piles de bobines dans la malle.

Et si ces films étaient son dernier cri de désespoir ? Un appel à l'aide ?

Elle les avait soigneusement cachés, apparemment pour les garder pour elle seule, mais comment pouvait-elle être certaine qu'ils resteraient à jamais secrets, qu'il ne les trouverait pas par hasard, comme cela venait juste de se produire ? Et si c'était justement ce qu'elle avait voulu ? Si elle avait pensé que ces films étaient la seule façon de lui faire comprendre qui elle était vraiment ?

Ils ressemblaient à des messages enfermés dans des bouteilles et jetés à la mer par un naufragé désespérément en quête de salut.

Il se plaça devant le grand miroir qui était accroché au mur et se regarda debout, de profil, devant la courbe de la lucarne, avec sa chemise blanche, sa cravate noire, les mains dans les poches de son pantalon trop court : en le voyant, personne n'aurait imaginé que c'était ce même homme qui avait levé les bras au ciel sur la bicyclette, ce même homme qui avait chanté sur la terrasse et fait l'amour toute une nuit avec Mila.

Mais si c'était vraiment cela, si c'étaient des bouteilles à la mer, alors il devait nécessairement y en avoir une pour lui. Il commença à lire les titres de tous les films, sortant les boîtes de la malle et les entassant les unes sur les autres jusqu'à ce qu'il en trouve une qui portait l'inscription : *Pour toi.*

Quand il glissa la bobine sur l'axe, il sentit son cœur battre comme celui d'un jeune homme à son premier rendez-vous amoureux et le temps qu'il fallut à la bobine pour terminer son parcours entre les engrenages lui parut interminable.

Puis il y eut le titre sur la feuille et les premières images : on voyait au premier plan la main d'Albina pousser doucement une poignée de cuivre, puis une porte s'ouvrir sur une pièce dans la pénombre.

« Mon Dieu… », murmura Iacopo.

C'était sa chambre et, dans le lit, lui qui dormait ! La caméra s'approchait lentement jusqu'à un premier plan sur son visage et, de plus en plus près encore, pour ne filmer que ses yeux fermés et son front. Aussitôt après des images en mouvement, floues, indéchiffrables, comme si elle entrait directement dans un de ses rêves et, soudain, le visage d'Albina souriante, les cheveux dénoués et la tête posée sur une étendue de pétales de roses, rouges peut-être, qui sait. Elle remuait les lèvres doucement, en regardant vers le haut, vers la caméra, et en répétant les mêmes mots. Maintenant on ne voyait plus que sa bouche et on comprenait ce qu'elle disait, on le comprenait parfaitement, mon Dieu.

Iacopo prit sa tête entre ses mains et éclata en sanglots.

Il pleurait nerveusement en regardant l'écran noir et blanc. Par-delà ses larmes, sa femme continuait à bouger lentement les lèvres, très lentement, dans des cadrages chaque fois différents, pour que l'on comprenne, sans aucun doute possible, ce qu'elle était en train de dire :

« Emmène-moi. »

Cette nuit-là, Iacopo rêva de son père.

Il avait entendu des bruits étranges et s'était aussitôt levé du divan où il était resté lire des actes incompréhensibles, pour courir dans la chambre d'Ippolito, déjà éclairée par les premières lueurs de l'aube. Le grand lit était vide, les couvertures soulevées sur le côté où il se couchait depuis des années. Dans son rêve, il devina qu'il devait être sorti de la maison parce que le bruit qui l'avait réveillé, il le comprenait maintenant, était celui de la porte de la cuisine qui donnait derrière, vers le fleuve. Où avait-il pu passer ? Comment lui était venue cette idée de se lever juste maintenant qu'il allait mal et toussait ? Il dévala quatre à quatre les marches de l'escalier, entra dans la cuisine et vit la porte ouverte sur la clarté de l'aube. Il sortit en courant le chercher dans la campagne et le vit de dos, là-bas, debout au sommet de la digue, regardant le fleuve, immobile. L'air frais du matin soulevait sa robe de chambre blanche et il retenait d'une main ses rares cheveux, ébouriffés par le vent. Iacopo grimpa la pente, s'accrochant à l'herbe humide qui se défaisait par mottes. Il avait les ongles pleins de terre noire et le souffle coupé quand il parvint tout en haut.

Son père était là, immobile au centre du chemin de terre et Iacopo se mit à côté de lui pour le réprimander, mais d'un signe imperceptible de la main, son père lui enjoignit de se taire et de regarder le fleuve devant eux.

Il coulait, majestueux, plein d'eau et de boue, prêt à balayer avec sa force prodigieuse tout ce qui ferait obstacle à son destin.

« Tu dois le laisser aller, Iacopo, lui dit-il en indiquant le courant,… Il va vers la mer. »

Il se réveilla agité et se souvint aussitôt que le livre que lui avait donné Nivardo dans le magasin avait un titre qui rappelait ces mots.

Il se leva, traversa la pièce déjà éclairée par la lumière du jour, pour aller prendre son cartable là où il l'avait oublié. Il le trouva et relut la dédicace que son père avait écrite sur la page de garde :

À toi
Que j'ai cherchée toute ma vie et qui étais à côté de moi.

Il s'assit sur le bord du lit et il lui sembla revoir le mur nu en face de lui, les images en noir et blanc des films d'Albina. Il pensa à son corps nu quand elle dansait et à son regard doux tandis que ses lèvres lui murmuraient des mots pleins de tendresse.

Lui aussi l'avait toujours eue là, à côté de lui, sans la voir.

Il sentit le nœud des regrets lui étreindre le cou.

Combien de mal avait-il causé avec sa cécité ? Combien de douleur avait-il causé avec sa froideur ? Et pourtant, il le savait maintenant, un seul sourire aurait suffi pour faire fondre tout ce gel.

Il eut envie de la voir dormir.

Il se leva, traversa le palier et poussa sans faire de bruit la porte de sa chambre.

Le lit était là, contre les murs, dans l'angle opposé. La tête de bois sombre contrastait avec le papier peint doré, et les draps blancs étaient éclairés par la lumière de l'aube. Elle était couchée sur le dos, la tête appuyée sur son bras nu qui sortait de sa robe de chambre, ses cheveux noirs dénoués sur l'oreiller de dentelle, posé sur un long traversin. De ses jambes repliées elle tenait soulevée une grande couverture bleue et Iacopo se souvint combien de fois, dans son enfance, il s'était réfugié dans cette montagne magique, créée sous le drap par ses genoux. Il eut envie de la réveiller d'un baiser. Albina l'aurait regardé abasourdie et se serait mise à pleurer, en écoutant pour la première fois ce silence d'amour. Puis elle lui aurait dit avec un filet de voix : « … Dépêche-toi, je t'attends » et ils n'auraient plus été distants.

Il referma la porte et revint dans sa chambre vide.

Il s'assit à nouveau sur le lit et reprit le livre de Nivardo.

Mais pourquoi pendant toutes ces années avait-il toujours eu quelque chose de plus important à faire que de l'écouter ? Il repensa à la période de leurs fiançailles et à leurs premières années de mariage, pour tenter de voir si alors au moins ils avaient eu des moments d'intimité ou de confiance, mais il n'en trouva pas. Seul son travail et sa carrière l'intéressaient et elle semblait ne se soucier que de la maison et de ses quelques amitiés superficielles. S'ils avaient eu des enfants, quelque chose aurait peut-être changé entre eux et ils ne se seraient pas enfermés dans deux vies aussi froides et privées de mots.

Il regarda la couverture du livre qu'il continuait à tourner nerveusement entre ses mains et songea que, au fond, Albina non plus ne l'avait jamais compris. Mais comment aurait-elle pu le faire, s'il avait fallu une pareille tempête pour qu'il commence à comprendre quelque chose de lui ?

Il se demanda comment il ferait maintenant pour l'affronter, où il trouverait la force de briser le mur du silence impénétrable qui les séparait. Il ne pouvait certainement pas se présenter devant elle en lui disant : « J'ai vu tes films en cachette et j'ai compris que nous avons tout faux et que tu sais très bien que tu es la fille de mon père, mais ça ne fait rien. Je sais tout moi aussi maintenant, et je veux seulement recommencer. »

Non, il n'y arriverait pas. Il sentait l'angoisse monter dans sa poitrine à la seule idée de commencer à parler devant elle, face à ce regard coupant qui repoussait toute chose. Dieu sait comment elle accueillerait un tel discours. Et puis peut-être avait-il tort d'imaginer qu'elle était une personne différente. Et si elle lui répondait, glaciale, qu'il était fou, qu'il n'avait rien compris, que ces films étaient, que sais-je, des exercices d'un cours de cinéma par correspondance ?

Pourtant, songea Iacopo, ces images semblaient vraiment lui être destinées.

Mais pourquoi avait-elle choisi de lui parler au moyen de ces films, de cette façon curieuse ? Peut-être elle non plus n'avait-elle pas trouvé la force de s'ouvrir par les mots en le fixant dans les yeux ?

Il regarda la première lumière du jour par la fenêtre ouverte, sur la campagne.

Et s'il lui répondait de la même manière ?

Il resta un moment à bercer cette pensée, fixant les cimes des peupliers, qui bougeaient à peine dans la brise du matin. Pourquoi pas ? Au fond, avec un film, il pourrait mieux s'expliquer qu'avec beaucoup de discours compliqués. Il suffisait d'acheter une caméra, de réfléchir aux scènes à tourner, puis, après avoir développé la pellicule, de l'abandonner dans la maison, dans un endroit où elle ne manquerait pas de la trouver.

Mila l'aiderait volontiers et ils s'amuseraient même beaucoup à tourner ensemble, songea-t-il en regardant sa montre.

Il attendit 8 heures avec impatience pour lui téléphoner, s'enferma dans son bureau et sortit le papier avec le numéro de téléphone de Sante, le mécanicien, qu'elle lui avait laissé en cas de nécessité :

« Je voudrais le 33859 à Ferrare, s'il vous plaît.

— Tout de suite monsieur, répondit l'opératrice qui ajouta un instant plus tard : Vous avez Ferrare en ligne. »

« Allô, Sante ? demanda Iacopo.

— On dirait bien, répondit une voix.

— Bonjour Sante, je suis Ermano, l'ami de Mila, vous vous rappelez ?

— Je n'ai jamais oublié quelqu'un qui est monté sur une Chisal. »

Iacopo rit, amusé :

« Pouvez-vous lui demander s'il vous plaît d'être au magasin à midi, je la rappellerai ?

— Bien sûr, Ermano, Mila sera très heureuse. »

Iacopo sourit en songeant à elle : elle avait réussi à le comprendre en un seul jour.

Il passa la matinée à organiser mentalement sa journée à Ferrare et à penser à la façon dont il pourrait expliquer à Albina, avec quelques images, tout ce qui s'était passé en dehors de lui et en lui.

De temps en temps, la secrétaire entrait dans la pièce, sous un prétexte quelconque, mais en réalité pour voir comment il allait, car, avait-elle dit, elle n'aimait pas du tout sa façon de rester là, les mains croisées, lui qui ne s'arrêtait jamais un instant :

« Courage, maître. La douleur peut attendre, mais pas les clients. Votre père vous regarde de là-haut. »

C'est vrai, avait pensé Iacopo, Ippolito était juste monté un peu plus haut, mais la situation n'avait pas beaucoup changé.

Quand il vit que midi approchait, il rappela le central et demanda qu'on lui passe la communication :

« Allô… », dit-il.

Il fut accueilli par la voix joyeuse de Mila :

« *Ciao* Ermano ! Où es-tu ? Comment va ? Tu as parlé à Ernesto ? »

Il regrettait d'interrompre toute cette joie, mais il devait le faire :

« Mila, hélas, mon père est mort. »

Il entendit le silence au bout du fil et il lui sembla la voir debout, devant les cartes postales de Sante collées au mur de l'atelier, rendue muette par sa douleur et par celle des mères et des enfants qui avaient attendu toute leur vie le retour d'Ernesto.

« … Mila », risqua-t-il.

Maintenant il l'entendait pleurer et c'était comme si son cœur se déchirait, parce que Mila était née pour rire.

« Ne pleure pas, je t'en prie…, murmura-t-il dans le combiné, il est parti en pensant à vous. »

Il déglutit pour repousser le sanglot qui lui obstruait la gorge comme une pierre et continua en disant ce qu'il ne savait pas avoir déjà décidé :

« Ne t'inquiète pas Mila, je ferai selon sa volonté. Tous ses enfants l'auront comme père, même s'il est mort avant de les reconnaître légalement.

— … Vraiment, Iacopo, vraiment ? répondit-elle avec un filet de voix.

— Vraiment, Mila », confirma-t-il.

Elle pleurait encore plus fort, mais cette fois c'étaient des pleurs de joie.

« Écoute Mila, mercredi à 9 heures je viens te chercher. Garde ta journée libre car j'ai besoin de ton aide.

— D'accord ! répondit-elle aussitôt.

— Et prends des sandales et un maillot de bain parce que nous allons à la mer », ajouta Iacopo.

À l'autre bout du fil, un cri :

« À la mer ! Sante ! Ermano m'emmène à la mer ! »

Maintenant il l'imaginait en train de sauter de joie entre les vélos de l'atelier.

« Est-ce que tu t'es déjà servie d'une caméra ? lui demanda-t-il.

— Oui, et même avec un pied ! Un client qui voulait toujours qu'on se filme… »

Elle marqua une pause, puis poursuivit sur un ton de regret : « Tu sais, il était un peu bizarre, mais il me payait tellement bien…

— C'est bien, mais ne t'inquiète pas, nous ferons quelque chose de différent ! répondit Iacopo en riant. Alors on se voit après-demain. Salut Mila.

— Salut Ermano, je suis tellement excitée ! »

Il posa le combiné en songeant à ses dents très blanches. Il aurait aimé la présenter à son père.

Il avait envie de monter dans la chambre, il n'y était plus allé depuis que les hommes des pompes funèbres avaient fermé le cercueil. Il prendrait le testament en même temps.

« Il est temps de le lire », dit-il.

Arrivé à l'étage du dessus, il entra dans la chambre en marchant sur la pointe des pieds, comme s'il craignait que quelqu'un l'entende. Il s'arrêta debout, les mains nouées derrière son dos, et il lui sembla être entre les sièges d'un théâtre désert, avec le lit de son père sur la scène. Il regarda les choses autour de lui et sentit qu'il avait un léger sourire sur le visage, quand il ferma les yeux et inspira profondément, pour pouvoir goûter tranquillement le parfum de toute la vie qui était passée par là.

Puis il alla prendre l'enveloppe dans le petit tiroir, revint dans son bureau et dit à nouveau à la secrétaire de ne le déranger sous aucun prétexte. Il l'ouvrit délicatement avec son coupe-papier et vit qu'elle contenait deux feuillets pliés, identiques. Un coup d'œil lui suffit pour comprendre que son père lui avait laissé le choix le plus difficile.

C'étaient deux testaments olographes, avec la même date et la même signature d'Ippolito. Il les lut calmement et y trouva la confirmation de ce qu'il avait déjà compris : le premier se contentait de le nommer héritier universel, ne donnant que quelques indications de petits legs à Albina, à la domestique Corinna et à la paroisse, tandis que le second contenait la reconnaissance *post mortem*, conformément à l'article 254 du code civil, de ses cinquante-deux enfants, avec leur prénom et la date de naissance de chacun. Il laissait ensuite à Iacopo et Albina la maison de famille, partageant tout le reste du patrimoine, les terrains, les maisons de ville, les actions, les dépôts bancaires, en cinquante-quatre parts égales, une pour chaque enfant, plus lui et Albina. *Épouse de Iacopo*, avait-il écrit, pour ne pas trahir le pacte fait avec les Tedeschi de ne jamais révéler qu'elle n'était pas leur fille mais la sienne.

Il posa les deux testaments l'un à côté de l'autre sur le bureau, pour mieux les regarder, et il lui sembla que la seule erreur était de ne pas avoir signé *Ernesto* pour le second.

Son père avait donc tout prévu, même l'éventualité de sa mort inopinée, avant de lui avoir révélé la vérité. Dans ce cas-là, en effet, Iacopo aurait ouvert l'enveloppe des deux testaments et se serait trouvé face à cette liste d'enfants naturels, sans en avoir jamais entendu parler auparavant. Il aurait sans doute refusé d'y croire et n'aurait certainement rendu public que celui qui suivait la logique et le droit.

Maintenant au contraire il n'avait aucun doute, d'ailleurs il venait juste de le promettre à Mila.

Il se leva, marcha vers la fenêtre ouverte sur la campagne et commença à déchirer en tout petits morceaux le testament où Ippolito Dalla Libera le reconnaissait comme seul héritier, lui, le seul qui n'était pas son enfant. Un par un, il laissa s'envoler les minuscules fragments de papier en les suivant des yeux, jusqu'à ce qu'il les voie disparaître, loin dans les champs ou par-dessus la cime des peupliers de la berge.

Voilà, maintenant il avait parfaitement compris ce qu'il voulait de faire de sa vie.

Il passa la journée du lendemain enfermé dans son bureau, à planifier le moindre détail de ce qu'il aimerait faire avec Albina si elle acceptait sa proposition, après avoir vu les films qu'il s'apprêtait à tourner avec Mila.

Mais pour l'instant, il ne devait rien laisser transparaître. Le soir, donc, il lui dit qu'il devait retourner à Ferrare le lendemain, pour clore les dossiers laissés en suspens avant la mort de son père.

« Je ne pourrai peut-être pas rentrer ce soir, lui dit-il, d'un ton volontairement distrait.

— Cette fois au moins, prends de quoi te changer », répondit-elle, piquante et détachée comme toujours.

La campagne filait derrière les vitres et Iacopo se mit à regarder les pointes des clochers qui annonçaient, de loin, le passage de la route à travers de petits villages serrés sous les berges. Les places se ressemblaient toutes, avec leur rangée de portiques, le parvis désert de l'église et des groupes d'hommes qui se racontaient toujours les mêmes histoires, assis devant un bar. On aurait dit qu'ils étaient là depuis des siècles, leurs visages pleins de rides brûlées par le soleil des champs, leurs doigts épais comme des saucisses, leurs ventres ronds comme des pastèques sous leurs chemises. Quand une voiture arrivait, ils cessaient de parler et plissaient les yeux pour essayer de voir qui était à l'intérieur.

Il traversa le Pô à Pontelagoscuro, en empruntant le long pont métallique. Il regarda l'énorme masse d'eau qui coulait majestueusement et il lui sembla que c'était exactement la frontière entre ses deux vies. Ippolito empruntait la même route et, pour lui aussi sans doute, tout recommençait dès qu'il arrivait sur l'autre rive.

Il sentait la puissance du fleuve couler sous les roues de

l'automobile, comme si elle pouvait décider de l'entraîner dans ses tourbillons invisibles et furieux. C'est la solution, songea Iacopo.

Il devait seulement franchir cette frontière avec Albina et tous les anciens souvenirs resteraient là, de l'autre côté du pont, détruits et emportés par les eaux, les laissant enfin libres.

Arrivé à Ferrare, il gara sa voiture sous une rangée de platanes qui entouraient une place creusée dans le terrain, un peu comme une grande arène. Il prit le sac avec la caméra et le pied qu'il avait achetés la veille, s'arrêta pour regarder l'anneau parfait de la piste d'asphalte plus bas et il eut envie d'aller au milieu de la pelouse, sous la statue du poète qui scrutait l'horizon du sommet d'une très haute colonne de marbre. De là-haut, songea-t-il, on doit voir la berge du fleuve, loin, bien au-delà des arbres et des toits des maisons.

Il descendit par les larges degrés herbeux, délimités par une bordure de pierre. Il lui semblait avoir joué là des milliers de fois, avec un ballon, échangeant avec ses amis des images de joueurs de football sur le socle du monument ou courant avec de petites voitures rouges à pédales, infiniment plus rapides que celles de Brilli-Peri et Ascari.

Arrivé en bas, il vit une silhouette sombre de l'autre côté de la piste goudronnée, déserte dans le premier soleil du matin. À sa façon de bouger, on aurait dit qu'elle dansait, et il comprit seulement en s'approchant que c'était un patineur. Un homme âgé, le cheveu rare et des lunettes rondes. Il portait un costume noir, avec une chemise blanche et une cravate claire sous sa veste soigneusement boutonnée. Il bougeait avec une lente élégance sur ses patins, les bras légèrement écartés et les mains tournées vers le haut, comme un évêque accueillant les fidèles devant l'autel.

Arrivé à sa hauteur, Iacopo essaya de le saluer, mais l'homme ne s'en aperçut même pas, totalement absorbé par cette danse triste. Alors il se retourna et resta immobile à le regarder s'éloigner dans le silence de la place, à peine troublé par le crissement des petites roues sur la piste.

Il sortit de la place et se dirigea vers le centre. Quelques dizaines de mètres plus loin, il entendit un bruit de moteur, il se retourna et vit un homme et une fillette sur une Lambretta. L'enfant était debout, entre les jambes de l'homme, les cheveux décoiffés par le vent et elle riait, heureuse, en se tenant fermement au guidon. Quand ils furent à ses côtés, Iacopo vit ses petites sandales bleues, avec deux ronds ovales, ouverts sur ses chaussettes blanches. « Encore, papa ! » criait-elle à l'homme en maillot de corps, qui souriait, fier de son petit trésor.

Les maisons étaient basses et colorées de jaune et d'ocre. Il laissa une petite rue sur sa gauche, et vit sortir par la porte de la maison à l'angle une femme superbe. Elle marchait avec élégance, cachant ses pensées derrière des lunettes de soleil. Elle avait des cheveux châtains, des doigts longs et fins qui serraient un trousseau de clés et, certainement, se dit Iacopo, des yeux verts, légèrement différents l'un de l'autre, derrière les verres sombres. Où peut-elle aller ? se demanda-t-il.

Il traversa le carrefour avec la grande avenue, regarda à gauche, très loin, la Prospettiva de brique, et sur la droite, beaucoup plus proches, les tours du château et l'arrêt du tram dont il était descendu quelques jours plus tôt. Il lui sembla se voir, raide et hésitant sur le trottoir, avec son costume impeccable, ses chaussures brillantes et son cartable, dans lequel il y avait ce cahier dont il ne savait pas encore qu'il lui ferait recommencer sa vie.

Il continua à marcher dans la rue qui menait vers la place et le quartier. Elle était pleine de magasins qui commençaient à ouvrir et de bureaux. Il regarda la plaque d'un cabinet juridique sur la droite et se dit que l'employée qui, à la gare, lui avait fièrement montré ses doigts, écrasés par quarante ans de machine à écrire, devait travailler là.

Il déboucha sur la grand-place qui jouxtait la cathédrale et vit, sur le côté opposé, juste à l'endroit où commençait la rue qu'il avait parcourue avec la bicyclette de Sante, un groupe de personnes qui s'activaient et gesticulaient autour d'un homme étendu sur le sol. Il pressa instinctivement le pas pour aller voir ce qui s'était passé et, en s'approchant, il comprit que l'homme allait vraiment mal car un passant avait posé son oreille sur sa poitrine et une femme avait les mains dans ses cheveux, en un geste de désespoir.

C'était un homme âgé, élégant et avec des cheveux encore noirs. Il avait les yeux ouverts, levés vers le ciel, et Iacopo imagina comment devait apparaître, vu du sol, ce petit morceau de bleu enfermé dans un cercle de visages inquiets qui le regardaient.

L'homme qui l'assistait, peut-être un médecin de passage, avait posé deux doigts sur son cou, en quête d'un battement. Il hocha la tête quand il entendit la sirène d'une ambulance déchirer le silence de la place : « Trop tard. Il est mort. »

La femme se mit à pleurer et à hurler, soutenue par deux personnes qui la consolaient, et Iacopo recula lentement, comme pour fuir une douleur qu'il n'avait aucune envie de rencontrer en cette belle journée.

« Cela devait arriver tôt ou tard », lui dit un homme qui tenait son chapeau sur sa poitrine, et lui adressait la parole comme s'il le connaissait.

« Un accident ou un malaise ? » demanda Iacopo pour ne pas paraître grossier.

L'homme lui fit signe d'attendre et s'adressa au médecin qui avait essayé de secourir l'homme :

« Dites-moi, docteur, c'est bien ce que je pensais ? Il est mort de curiosité ?

— Oui », répondit-il en époussetant les genoux de son pantalon et sans rien ajouter d'autre, il se dirigea vers les brancardiers qui arrivaient en courant.

Iacopo regarda l'homme au chapeau pour essayer de comprendre, puis, avec un regard interrogateur, il se tourna vers un autre passant qui avait tout entendu.

Ce dernier écarta légèrement les bras et, comme pour le rassurer, il dit :

« C'est une maladie comme une autre. »

Il attendit que les brancardiers couvrent le corps avec un drap et s'engagea dans la rue aux portiques qui conduisait vers le quartier.

Un peu avant la maison de Mila, une femme, dans la rue, apprenait à son fils comment étirer les draps secs. Iacopo se rappela quand sa grand-mère l'appelait dans le jardin pour l'aider et qu'il accourait, parce qu'il adorait cette façon de tirer très très fort, en se penchant en arrière presque jusqu'à tomber. Ils prenaient le grand drap et le pliaient soigneusement en trois, en veillant à ce que les angles coïncident parfaitement. Quand le drap ne formait plus qu'une bande longue et étroite, ils commençaient à tirer et sa grand-mère s'emportait et criait s'il le laissait échapper et tomber par terre :

« Fais attention, avec tes mains en fromage blanc, je vais devoir le relaver ! »

Pour le dernier pliage, ils se rapprochaient de plus en plus l'un de l'autre et, à la fin, elle saisissait immanquablement sa tête et le serrait affectueusement contre elle, lui faisant respirer l'odeur de savon de son tablier.

Il arriva devant la porte de Mila, s'assura que la cage vide du chardonneret était encore accrochée au mur, et entra.

Elle était assise par terre, sur un coussin rouge qu'on devinait sous la courtepointe verte dont elle était couverte : on aurait dit qu'elle portait une robe de la Renaissance, dont les plis descendaient jusqu'au sol. Elle était adossée à un meuble de bois, feuilletant délicatement un livre ancien. Elle le soutenait de ses mains couvertes d'un mouchoir brodé, blanc, comme celui qu'elle avait mis sur sa tête et qui descendait jusqu'à ses épaules.

« Que fais-tu là, par terre ? lui demanda Iacopo amusé.

— Je me suis lavé les cheveux, mais avant de les sécher, je voulais voir quelque chose », répondit-elle. Puis elle baissa les yeux et montra distraitement la table d'un doigt :

« C'est la liste de Vincente. Il a trouvé l'adresse actuelle de tous tes frères et sœurs ou de leurs héritiers. »

Iacopo la prit et alla s'asseoir sous la fenêtre. Il vit que chaque prénom était associé à celui de sa mère, tandis que ceux d'Anna et de sept autres femmes étaient surmontés d'une petite croix, et il remarqua que plusieurs d'entre eux avaient quitté Ferrare pour d'autres villes.

Il glissa la feuille dans son cartable et attendit que Mila se rhabille, en observant chacun de ses gestes. Elle ignorait ce qu'était la pudeur et quand elle s'était levée, se libérant de la courtepointe et des mouchoirs blancs, elle avait commencé à marcher nue devant lui, en lui parlant tranquillement de choses et d'autres.

Elle était si provocante dans cette innocence, que Iacopo ressentit une douleur physique à l'idée de l'oublier.

« Je peux te photographier ? » lui demanda-t-il, en se rappelant que dans le sac de la caméra il avait aussi son appareil photo.

« Bien sûr ! » répondit-elle aussitôt. Puis, en s'approchant de lui jusqu'à ce qu'il sente le parfum de son corps nu, elle ajouta d'une voix rauque : « … Tu vois que nous sommes comme ce client qui voulait me filmer… »

Il rit, amusé, en songeant combien ce pauvre homme avait dû perdre la tête. Il lui dit de se mettre debout, tournée vers le grand miroir qui était appuyé contre le mur et, comme il voulait qu'on comprenne qu'il était là, il fit en sorte d'apparaître dans l'image réfléchie. Mila avait adopté une position de diva, un bras élégamment plié sur un côté et l'autre derrière sa tête tournée de profil. Dans le viseur, Iacopo voyait au premier plan ses fesses, son dos et, plus loin, le miroir dans lequel elle apparaissait tout entière, nue à couper le souffle, et dans le fond, lui, avec son pardessus, la tête penchée vers le bas, vers l'appareil photo.

Dès qu'elle fut habillée, ils sortirent acheter de quoi manger pour Gabriella. Elle lui expliqua que, pendant qu'ils seraient partis, une collègue viendrait s'occuper de sa grand-mère entre deux clients, à condition que tout soit prêt pour son repas.

Ils arrivèrent devant un magasin d'alimentation et Iacopo lui dit qu'il l'attendrait dans la rue. Mila poussa la porte, mais s'arrêta sur le seuil pour laisser sortir un enfant. Il portait une salopette courte, et aussitôt sorti, se mit à courir sur le trottoir, en riant heureux de la baguette de pain, presque plus grande que lui, qu'il tenait sous un bras. Il va la partager avec sa petite sœur, songea Iacopo, imaginant une fillette vêtue d'une petite robe de fête ornée de fleurs.

Il se mit à marcher dans une rue étroite qui faisait un léger coude sur la droite et, quelques mètres plus loin, croisa un homme qui semblait bouleversé. Il portait sur l'épaule un galet rond, de ceux qui pavent les rues, serré entre sa main et sa tête inclinée, comme si c'était un poids qu'il s'apprêtait à lancer sur un terrain d'athlétisme. Iacopo s'écarta pour le laisser passer et quand il arriva à côté de lui, il vit que le galet était souillé de sang. Il fit instinctivement un pas en arrière, mais l'homme, qui s'en aperçut, s'arrêta et laissa tomber le long de son corps son bras droit qui tenait la pierre. Il avait une chemise blanche, le col ouvert sous une longue veste sombre, les cheveux décoiffés sur le front, les lèvres épaisses, de gros yeux tristes, perdus dans la folie.

Iacopo aurait dû avoir peur, mais il éprouva en fait de la tendresse quand l'homme leva soudain le coude gauche plus haut que son épaule, le bras et la main raides devant sa poitrine, en diagonale, comme s'il voulait montrer, plus bas, quelque chose d'invisible qui le fixait. Il le laissa ainsi, immobile au milieu de la route et revint vers le magasin, dont Mila ressortait déjà.

« Viens là-derrière, à la mercerie, juste un instant ! » lui dit-elle.

Ils tournèrent à l'angle de la rue et elle entra en courant par la porte à côté de la vitrine, pleine de sous-vêtements, de bas et d'aiguilles à tricoter.

Au village, enfant, il était entré quantité de fois avec sa mère dans un magasin comme celui-là et il se rappelait encore son émotion devant tous ces petits tiroirs en bois qui montaient jusqu'au plafond, pleins de dés, de fermetures Éclair, d'aiguilles, de bobines et de milliers de boutons de toutes les couleurs et de toutes les tailles.

Sa mère posait sur le long comptoir de bois le bouton dont elle avait besoin et la vendeuse commençait à en sortir de toutes sortes des tiroirs. Elle les posait sur le comptoir, à côté de celui apporté de la maison, mais il y avait toujours une imperceptible différence qui contraignait à poursuivre la recherche. Puis, quand sa mère, épuisée, finissait par se rendre, en murmurant « je devrai les changer tous », comme par miracle sortait de la dernière boîte le bouton parfaitement identique.

Sur le trottoir, près du magasin, il y avait un homme assis sur un escabeau qui regardait devant lui en silence. Iacopo s'approcha de lui et vit qu'il avait les yeux absents des vieux.

En haut, sur le mur, juste au-dessus de lui, il y avait une petite dalle de marbre, avec au centre une ligne noire horizontale et dessous, une inscription : *L'eau du Pô est arrivée à cette hauteur*. Il essaya de s'approcher pour lire la date, écrite en caractères minuscules, mais le vieux l'arrêta d'un geste de la main, lui fit signe de s'asseoir sur la chaise vide à côté de la sienne et dit :

« J'étais là au moment de la grande crue. »

Il leva le bâton de promenade qu'il avait sur les genoux et s'en servit pour montrer le toit d'une maison de l'autre côté de la route :

« Une famille entière est restée là-haut pendant deux nuits et un jour. Ils avaient un bébé qui n'a pas arrêté de pleurer et quand je suis enfin arrivé jusqu'à eux, il paraissait mort, mais en fait il s'est repris dès que je lui ai tendu un morceau de pain. »

Il se tourna vers lui et lui demanda :

« Tu es de Ferrare ? »

Iacopo hocha la tête.

« Alors tu ne peux pas savoir les jours que nous avons vécus. »

Il leva encore son bâton pour montrer le point le plus éloigné de la rue :

« L'eau est arrivée par là, quand il faisait presque nuit, précédée d'un silence épais et irréel. La digue avait cédé entre Pontelagoscuro et Francolino et en un instant la masse violente de l'eau avait envahi la campagne, emportant tout et atteignant en quelques minutes les murs de la ville. Il y avait des gens là-haut, des enfants même, montés sur les bastions avec leurs parents pour regarder cette eau qui ne cessait de s'approcher. Tous pensaient que le fleuve s'arrêterait inévitablement contre ces hauts murs de briques, qui avaient repoussé tant d'ennemis, mais l'erreur fut de ne pas fermer à temps tous les passages. En un instant le fleuve reprit son ancienne vallée, sous les murs, et, encore insatisfait, il les entoura tous, s'engouffrant dans la ville par les anciennes portes, comme un patron trop longtemps tenu à l'écart et finalement rentré dans ses possessions. »

Il tourna son bâton vers l'autre bout de la rue.

« L'eau entra en même temps par le Torrione de San Giovanni et de là, par les Barriere, devant la gare, elle entraîna avec elle des arbres, des voitures, des portes, des animaux morts, des restes de toute sorte, de la boue. Quand elle se retira, il fallut des semaines et des centaines de personnes pour enlever l'énorme masse de terre et de déchets qui avaient envahi les moindres recoins. En ville, il n'y eut pas beaucoup de morts, car la puissance de l'eau avait été freinée par les murs et l'eau entrée par les portes avait monté lentement, laissant à tous le temps de gagner les étages supérieurs des maisons. Ainsi, dans chaque famille, les enfants, les grands-parents, les parents, commencèrent à monter et descendre, chargés de paquets, essayant de mettre à l'abri un maximum de choses, en plus de couvertures et des vivres qui serviraient pour les nuits et les jours à venir. Ils ne s'arrêtèrent même pas quand l'eau commença à passer sous les portes et par les fenêtres du rez-de-chaussée ouvertes par le courant, car chaque fois qu'ils redescendaient, sales et épuisés, regardaient le séjour ou la cuisine en partie envahis par l'eau, ils juraient que le prochain voyage serait le dernier. Quand l'eau cessa de monter, c'était l'aube et les gens ont commencé à s'appeler depuis les fenêtres ou depuis les toits. Ils se racontaient ce qu'ils avaient perdu et demandaient que l'on fasse passer l'information, comme par une chaîne humaine, pour faire savoir aux parents ou aux fiancés qui habitaient dans des rues plus lointaines qu'ils étaient saufs et qu'ils allaient bien. Les rues semblaient devenues les canaux de Venise et, quelques heures plus tard, les premières barques ont commencé à arriver de la darse du Volano. C'étaient des pêcheurs qui s'étaient mis à circuler pour voir si une personne âgée ou un malade avaient besoin d'être conduits d'urgence à l'hôpital. »

Il pointa encore son bâton :

« Ils ont trouvé une vieille juste là-bas, ils l'ont fait sortir en se la passant de bras en bras, de la fenêtre du premier étage de cette maison, et ils ont eu bien du mal à faire monter son vieux mari sur la barque. Après ils ont parcouru toute la route en ramant sous les yeux des gens qui regardaient aux fenêtres et beaucoup ne sont pas parvenus à retenir leurs larmes en voyant passer sous eux la femme couchée sur le fond de la barque, aux pieds de son mari qui pleurait, assis à la poupe, tenant sur ses genoux son violon sauvé de la boue. Toute la journée du lendemain, les hommes eux-mêmes ne sont pas parvenus à descendre au rez-de-chaussée, parce que l'eau était arrivée presque jusqu'aux plafonds des pièces. Les femmes pleuraient leurs maisons et les objets perdus, les enfants, eux, s'appelaient des fenêtres, criant de joie : ils n'iraient plus à l'école jusqu'à Noël, les maîtresses ne pourraient même pas leur demander leurs devoirs, parce que tous les livres et tous les cahiers étaient restés là-dessous, trempés et illisibles à jamais. Le second soir fut presque une fête, car beaucoup allumèrent des feux sur les toits avec de vieilles chaises et des caissettes qui étaient entassées dans les greniers. Certains allèrent même jusqu'à faire cuire de la viande qu'ils avaient sauvée, invitant les voisins à les rejoindre, en sautant d'un toit à l'autre. Quand deux jours plus tard le niveau de l'eau commença à baisser, les premiers à partir furent les clients des dames qui avaient été pris au piège dans les bordels. Les enfants les raillaient des fenêtres, pendant que, de l'eau à la ceinture, tenant leurs vestes et leurs besaces au bout de leurs bras levés, ils essayaient de s'enfuir, avant l'arrivée des pompiers et des secours. »

Mila sortit du magasin, elle le vit assis à côté du vieil homme et s'approcha en souriant :

« *Ciao* Robledo.

— *Ciao*, répondit-il, en posant son bâton sur ses genoux.

— Je regrette de t'interrompre, mais il est très tard et nous devons partir », lui dit Mila.

Alors Iacopo se leva et serra la main du vieil homme :

« Enchanté, Ermano.

— Le plaisir est pour moi, jeune homme. »

Sitôt qu'ils eurent tourné l'angle de la rue, Mila prit Iacopo par le bras et lui demanda :

« Il t'a raconté l'histoire de la crue, n'est-ce pas ?

— Oui, répondit-il, mais je n'ai pas eu le temps de lire la date sur la pierre. En quelle année c'était ?

— Jamais ! répondit-elle, en riant. Il a tout inventé ! Le Pô n'est jamais arrivé en ville, mais Robledo, comme tous les Ferrarais, a imaginé à chaque crue du fleuve ce qui se serait passé si l'eau avait pénétré à l'intérieur des murailles. Alors, quand il a été en retraite, il a fait mettre cette plaque sur le mur de sa maison et depuis, il passe ses journées assis là-dessous, attendant qu'un passant curieux lève les yeux, comme toi !

— … Je croyais que ça s'était vraiment produit, se plaignit Iacopo.

— Qu'est-ce que cela peut te faire ? Si tu écoutes une histoire, et si tu la trouves belle, tu ne dois pas te soucier de savoir si les choses se sont réellement produites », lui dit Mila.

Arrivés à la maison, elle se mit à cuisiner pour Gabriella et quand ce fut le moment de sortir à nouveau, elle lui dit qu'elle ne voulait pas traverser la place avec lui, parce qu'elle redoutait les commentaires des gens et elle insista pour qu'il aille chercher sa voiture tout seul. Elle l'attendrait au carrefour entre la rue avec les voûtes et la grande route d'accès au centre, juste devant une très haute tour de pierre.

Pendant qu'elle préparait à manger, Iacopo lui avait tout raconté : la mort d'Ernesto, la découverte qu'il n'était pas son fils mais celui d'un prêtre, Albina. Puis il lui avait parlé des films par lesquels sa femme s'était dévoilée et de son idée de lui répondre de la même manière, pour lui proposer de changer leur vie pour toujours.

Pendant qu'il parlait, Mila n'avait pas pu rester tranquille un instant. Elle sautait dans la pièce, passant des larmes aux éclats de rire sans cesser de courir dans la chambre de Gabriella pour lui montrer la lettre qu'Ernesto avait écrite avant de mourir ou pour lui parler des testaments, lui dire combien Anna aurait été heureuse.

Mais pourquoi donc, s'était maintes fois demandé Iacopo, racontait-il tous les secrets de sa famille à une putain ? Peut-être parce qu'il faisait confiance à Mila comme à personne d'autre auparavant, avait-il songé. Elle était pure intérieurement et Iacopo savait que tout avait changé dans sa vie depuis qu'il l'avait rencontrée.

Il avait essayé d'imaginer comment lui seraient apparues les choses qu'il avait vécues jusque-là, s'il n'avait pas pu voir tout avec les yeux de Mila : une histoire scandaleuse et sale, avec un père sans scrupules, coupable de trahison, de liaisons avec des prostituées, père d'enfants illégitimes et une mère menteuse, tout autant que sa femme, avec ces films absurdes et sales.

Mila au contraire, en le voyant perdu et abasourdi, l'avait conduit par la main jusqu'aux lits par-delà le rideau, l'enivrant de sa peau parfumée et de ces sillages de couleurs lumineuses qui, mieux qu'un millier de paroles, lui avaient révélé que la beauté de la vie est partout.

Comme cela s'était produit pour son père, des années auparavant.

Iacopo avait réfléchi longuement aux mots que lui avait écrits Ippolito et il avait décidé qu'il ne finirait jamais comme lui, contraint de lier son corps à un lit pour réussir à le garder séparé de son âme.

Non, Mila l'avait libéré et il allait libérer Albina à son tour.

Iacopo avait expliqué à Mila les moindres détails de son plan, lui demandant une série de choses dont il aurait besoin rapidement, si sa femme acceptait la proposition qu'il allait lui faire avec les films. Enthousiaste comme toujours, elle l'avait assuré de son appui sans réserve, ajoutant que ses amis du quartier résoudraient tous les problèmes, mêmes ceux qui étaient insolubles.

Il la trouva qui l'attendait au carrefour, juste devant la sellerie sous la très haute tour, comme il lui avait dit. Il vit qu'elle parlait avec un garçon arrêté à l'angle, adossé au mur, les yeux baissés, les poings serrés, comme s'il voulait se défendre.

« Le pauvre… il doit être follement amoureux d'elle », soupira Iacopo, avant de les interrompre en klaxonnant.

Mila monta dans la voiture et sourit, sans rien dire. Ils traversèrent une place avec un marché plein de monde et tournèrent à gauche, longeant un canal. Dès qu'ils furent sortis des murs de la ville, la lumière devint plus intense. Ils passèrent devant un couple, assis à une petite table d'un café en plein air, sur laquelle était posée une bouteille vide : l'homme était coiffé d'une sorte de béret noir et Iacopo songea que c'était peut-être un serveur, parce qu'il portait une chemise claire et un bandeau rouge qui lui ceignait les reins. La femme avait un curieux chapeau et une longue robe sombre qui semblait trop lourde pour une journée pareille. Derrière eux, les ombres des maisons faisaient paraître plus blanches encore la route et les arches d'un pont inondé de lumière. Un peu plus loin, ils virent quatre peupliers, deux très hauts encadrés par deux plus petits, qui ressemblaient à une famille.

« Tourne par là. Après le pont il y a la route de la mer », lui dit Mila.

Ils arrivèrent en moins d'une heure et garèrent la voiture derrière une dune basse, qui les séparait de la plage.

Pendant tout le voyage, alors qu'il essayait de lui expliquer ce qu'ils devraient faire, elle avait gardé sa main hors de la fenêtre, riant de plaisir, la faisant monter, descendre et tourner dans l'air comme un avion, puis elle s'était mise à chanter et s'informait de tous les boutons et leviers de la voiture. Elle l'avait aussi contraint à s'arrêter pour regarder cinq enfants qui traversaient un pont en courant torse nu, leurs tee-shirts brandis au vent comme des drapeaux après une victoire. Iacopo avait garé la voiture en engageant les roues sur le talus herbeux de la longue rangée de platanes et, quand il s'était retourné vers elle, qui s'était mise à genoux sur le siège pour les regarder par la vitre arrière, il s'était aperçu qu'elle pleurait, émue par cette image de bonheur.

Dès qu'ils furent descendus de voiture, Mila ôta ses chaussures et se mit à courir en criant :

« Allez, fais-en autant, c'est magnifique ! »

Le ciel était bleu.

Iacopo revint s'asseoir, enleva ses chaussures et ses chaussettes, les posa à côté des pédales de la voiture, roula un peu son pantalon et posa les pieds par terre. Quand il se redressa, ils lui semblèrent très loin et il se rappela ceux de Vincente, nus sur les planches de bois.

Ils contournèrent la dune et, devant eux, infinie, apparut la plage déserte. Très loin, la mer.

Comme une flèche, inattendue et violente, sa mémoire lui restitua une image de sa mère qu'il ne se souvenait pas avoir conservée.

Elle était très jeune et marchait seule sur le rivage humide, avec une longue robe rose et une ombrelle claire qu'elle utilisait avec légèreté pour se promener, effleurant à peine le sable mouillé. La brise rabattait sur ses épaules une ceinture de mousseline et, de sa main recouverte d'un long gant blanc, elle retenait son grand chapeau de paille. Son profil songeur était juste devant la ligne de l'horizon, entre les bleus du ciel et de la mer qui venait frôler sa robe avec l'écume blanche d'une vague.

Ce devait être un souvenir de quand il était très petit,

car il ne se souvenait pas avoir été avec ses parents sur une plage pareille. Il essaya de se rappeler aussi son père, mais n'y parvint pas et alors il l'imagina assis sur le bord d'une barque, tirée sur le rivage, regardant la promenade, vêtu d'un costume blanc, ses lunettes rondes, ses moustaches et ses cheveux noirs encore sous le panama qui le protégeait du soleil.

« Viens, Ermano, c'est merveilleux ! » lui cria Mila en courant vers la mer.

Mais il continua à marcher lentement, le sac de sa caméra en bandoulière et le trépied en bois dans une main. Il aimait sentir la tiédeur sous les plantes de ses pieds et regarder Mila s'éloigner.

Encore loin de la rive, il vit sur le sable deux poissons morts. Ils avaient le ventre argenté et le dos constellé de petites taches sombres. Ils étaient côte à côte, posés sur un côté, comme un couple d'amants suicidés, traînés jusque-là par la marée haute du soir.

Iacopo se rappela son grand-père, quand il l'emmenait sur le canal pêcher les poissons-chats, semblables à de mystérieuses créatures préhistoriques, si noirs et avec leurs très longues moustaches.

Il arriva sur le sable mouillé et mit ses pieds dans l'eau. Elle était froide et les vagues semblaient glacées quand elles arrivaient aux chevilles mais la sensation était si agréable qu'il se pencha pour rouler un peu plus son pantalon, pour pouvoir aller où elle était plus profonde.

Mila sautait autour de lui, jouant dans l'eau, puis elle courut sur le rivage prendre un bâton abandonné par les vagues :

« Celui-là ira très bien ! »

Ils débarrassèrent un espace de sable mouillé de tous les coquillages et des déchets de la mer puis essayèrent d'évaluer de combien de temps ils disposaient entre deux vagues.

« Au mieux, on écrira deux ou trois mots », dit-elle.

Elle attendit que l'écume blanche se retire et, en toute hâte, elle écrivit sur le sable, avec le bâton :

Je suis à la mer

Après un instant la vague effaça tout, elle attendit que l'eau se retire et aussitôt, très vite, elle continua :

Avec Ermano !

« Bravo, dit Iacopo. C'est parfait. Alors maintenant on peut commencer : l'un de nous écrit les prénoms avec le bâton et l'autre filme la vague qui arrive. Rappelons-nous qu'il faut laisser à Albina le temps de lire les paroles et que les pieds doivent toujours apparaître dans le cadrage.

— Par où on commence ? demanda Mila, excitée comme un enfant devant un nouveau jouet.

— Suis l'ordre de la liste de Vincente. »

Elle prit la feuille, la posa sur l'extrémité d'un pédalo et la coinça sous ses chaussures, pour éviter que le vent ne l'emporte. Puis elle lut le premier prénom et cria : « C'est Anna ! C'est à moi ! » et elle revint en courant sur l'endroit du rivage qu'ils avaient nettoyé. Dès que la vague se retira, elle écrivit très rapidement, mais avec une calligraphie parfaite :

Anna fille de Gabriella

Iacopo commença à filmer et il vit dans le viseur les prénoms de la mère et de la fille, à côté des jeunes pieds de Mila et, aussitôt, l'écume de la vague qui arrivait, silencieuse, et effaçait tout.

Il leur fallut près de trois heures pour filmer les cinquante-deux scènes, parce que l'eau arrivait parfois trop vite et ils devaient tout recommencer. Alors ils riaient de bon cœur, surtout quand le prénom était celui d'un garçon et que Mila filmait, tandis que Iacopo écrivait sur le sable mouillé, pour que les pieds filmés soient les siens.

« Tu es trop lent ! criait-elle.

— Excuse-moi, mais essaie un peu d'écrire à temps *Massimiliano fils de Maggiorina* ! » disait-il pour se défendre.

Quand ils eurent fini, ils s'assirent sur le pédalo et Iacopo dit :

« Maintenant nous devons filmer ma photo avec Albina et la lettre de Ginisca qui déclare être sa mère.

— Pourquoi es-tu si sérieux tout d'un coup ? lui demanda Mila.

— Je ne crois pas qu'elle sache de qui elle est la fille. Peut-être Ippolito ne lui a-t-il jamais rien dit.

— Et qu'est-ce qui t'inquiète ? Ce sera magnifique

de découvrir qu'elle a deux mères : une sérieuse et une putain ! »

Elle se leva et ajouta :

« Allez, on bouge, j'ai hâte de te filmer en train de sortir de l'eau. »

Quand ils revinrent vers la voiture pour rentrer à Ferrare, le soleil était désormais couché derrière les petites cabines de bois qui occupaient la plage. Ils avaient fini tard parce que, après avoir tourné toutes les scènes, elle avait insisté pour qu'ils se baignent tous les deux et, aussitôt entrée dans l'eau elle l'avait provoqué, le frôlant de sa peau hérissée par le froid. Mais désormais Iacopo ne désirait plus qu'Albina, et Mila, qui l'avait compris, avait aussitôt transformé son geste en un jeu innocent.

Avant d'arriver aux dunes, ils se retournèrent pour regarder deux jeunes filles qui couraient pieds nus sur le sable mouillé, se tenant par la main. Elles avaient de longs cheveux noirs dénoués dans le vent et semblaient heureuses de leurs rondeurs. Elles portaient des robes claires, si légères qu'elles avaient glissé de leurs épaules, découvrant un sein de chacune. Celle qui venait derrière avait les bras écartés et regardait le ciel, l'autre avait la tête tournée vers la mer et un bras tendu devant elle, comme pour s'ouvrir un passage dans l'air.

Ils les suivirent des yeux et virent que, sans cesser de courir, elles passaient devant un homme debout avec quelque chose à côté de lui, un chevalet peut-être, mais ils étaient trop loin pour s'en assurer.

« Regarde, il y a un peintre, dit Iacopo.

— Ou peut-être un photographe et peut-être que tout à l'heure il nous a cadrés par erreur… », ajouta Mila.

Puis elle se tourna vers Iacopo et lui demanda :

« As-tu jamais songé au nombre de photographies d'inconnus sur lesquels nous figurons à jamais sans le savoir ? »

Iacopo passa les jours suivants enfermé dans son bureau, utilisant tous les moments libres, entre une signature et un contrat à rédiger, pour étudier le moindre détail de ce qui allait se produire.

Il devait attendre au moins une semaine pour que les pellicules soient développées, ensuite il aurait besoin de quelques jours de travail pour le montage, avec la petite visionneuse d'Ippolito. Il avait fait des essais avec de vieux films de famille et ce n'était pas difficile : il suffisait de regarder les photogrammes, un par un, de choisir où couper la pellicule pour insérer un morceau de film différent, puis de coller soigneusement les segments avec du ruban adhésif.

Il avait donc dit à Mila de le rejoindre chez lui deux dimanches plus tard, quand Albina serait partie en pèlerinage avec Irene, au sanctuaire de Lorette, pour toute la fin de la semaine. Il avait aussi donné quelques jours de congé à Corinna, lui payant même son billet de train pour qu'elle aille voir ses parents dans le Frioul, afin d'être totalement seul.

Il devait montrer les moindres détails de la maison à Mila, pour ne pas commettre d'erreurs, car les plans du cadastre qu'il lui avait donnés à Ferrare ne suffiraient pas.

Elle arriva au village en début d'après-midi, avec l'autobus qu'elle avait pris à la gare de Mantoue, et s'engagea à pied le long de la route qui menait à la digue. Elle était vêtue de noir, un foulard noué sur la tête, et fixait la route, selon les indications que lui avait données Iacopo, pour éviter que quelqu'un puisse remarquer sa beauté.

Vue de la fenêtre du bureau, où il l'attendait, on aurait vraiment dit une veuve venue en urgence au bureau un dimanche pour une consultation qui ne pouvait pas attendre.

Quand il lui ouvrit la porte de la rue, elle entra en restant repliée sur elle-même, comme si elle avait été bossue ou courbée par la douleur, mais dès qu'il referma derrière elle, elle jeta le foulard par terre, libéra ses cheveux et se jeta sur lui, nouant ses bras autour de son cou et ses jambes derrière son dos :

« *Ciao* Ermano ! Je mourais d'envie de voir votre maison à toi et à Ernesto… »

Il l'emmena partout, dans la cuisine, dans les salons, les chambres. Dès qu'elle entrait dans une pièce, elle courait ouvrir les volets et prenait des notes avec un crayon sur les bords du plan du cadastre, précisant même les places occupées à table par Iacopo et Albina, le soir, au dîner. Quand ils entrèrent dans la bibliothèque, Iacopo vit sa stupeur face à ces murs, couverts jusqu'au plafond de livres anciens, et il remarqua qu'elle écrivait : *Ici, beaucoup de livres. En sauver le plus possible.*

Ils visitèrent ensuite le bureau, le secrétariat, la salle d'attente, et elle courait s'asseoir sur les fauteuils pivotants, les faisait tourner en rond, riant comme une folle. Elle regardait chaque chose, sautillait d'un point à un autre, s'informant de tous les objets, des tableaux, des meubles.

Elle s'arrêta soudain devant une photo accrochée à un mur du bureau d'Ippolito. Elle le montrait, enfant, avec un uniforme militaire et un chien, un braque peut-être, à côté de lui :

« … C'est Ernesto ? demanda-t-elle.

— Oui, répondit Iacopo.

— Je ne l'avais jamais vu… », murmura-t-elle.

Elle décrocha le cadre du mur et s'assit pour le regarder.

« Je l'imaginais autrement, plus grand.

— Garde-le, dit Iacopo, il ira très bien au-dessus de sa chaise vide.

— Au-dessus d'*Évaporé* ! » s'exclama-t-elle. Puis, pendant un instant seulement, elle s'attrista : « Tu reviendras la voir ?

— Je ne sais pas », répondit-il.

Elle voulut voir le moindre recoin de la maison, puis Iacopo lui dit qu'ils devaient se décider à regarder le film qu'ils avaient tourné ensemble, sinon ils n'auraient plus le temps de le faire.

Ils montèrent l'escalier et sitôt entrés dans le grenier, Mila dit :

« S'il te plaît, Iacopo, fais-moi voir aussi quelques films d'Albina, je suis trop curieuse… »

Il hésita car il lui semblait violer les secrets les plus intimes de sa femme, mais il la vit sourire et céda. Au fond, Mila était la seule à savoir déjà tout.

« D'accord », dit-il en ouvrant la malle des films.

Il chercha le premier qu'il avait vu, celui où elle dansait nue et remerciait le public à la fin ; il glissa la pellicule dans les engrenages, ferma la lucarne avec le rideau noir et fit démarrer le projecteur.

Mila resta bouche bée pendant toute la projection et, à la fin, elle se tourna lentement vers Iacopo : « … Mais c'est une femme très belle.

— Maintenant, regarde ce que donne le nôtre », dit Iacopo.

Il répéta lentement les mêmes gestes et s'assit sur la malle, essayant d'imaginer Albina, assise au même endroit, en train de regarder, incrédule et bouleversée, le film que son mari avait tourné pour elle.

Sur le mur apparurent le rectangle de lumière puis la feuille avec le titre au milieu : *La vague*. Puis, la chambre de son père, cadrée depuis le lit, comme il devait la voir quand il était couché, la tête appuyée sur les oreillers. Quelques instants, et les images commençaient à bouger, comme s'il s'était levé et marchait jusqu'à son bureau : gros plan sur une main qui s'approchait du petit tiroir, prenait le testament, l'ouvrait. On pouvait lire les lignes où Ippolito reconnaissait *post mortem* ses cinquante-deux enfants. La main prenait ensuite le cahier noir, le posait sur la surface de bois brillant et quand elle l'ouvrait, les images se changeaient en un tourbillon de cadrages flous et confus qui se figeaient brusquement sur une vague venue mourir sur le rivage. Alors apparaissaient sur le sable mouillé les prénoms d'Anna et Gabriella, aussitôt effacés par l'eau de la mer, puis, deux par deux, tous ceux des autres mères et de leurs enfants.

Puis les cadrages se déplaçaient vers une vieille photo de Iacopo avec son épouse, et sur la lettre dans laquelle la maman d'Albina racontait l'histoire de sa fille, conçue par Ippolito et elle, pour un couple infortuné. Les images revenaient sur la photographie, déchirée en deux morceaux cette fois, et posée sur le sable de façon à inverser la place de chacun. Enfin, la dernière inscription sur le rivage, *Albina fille de Ginisca*, et une vague qui emportait tout.

« Là, elle va pleurer… », murmura Mila, en essuyant une larme dans l'obscurité de la mansarde.

Sur l'écran il y avait la phrase de la lettre dans laquelle Ippolito disait à Iacopo qu'il n'était pas son fils, et de nouveau, la photographie d'Albina et lui, sur le sable, mais cette fois recomposée correctement, deux moitiés proches l'une de l'autre.

Puis la mer, lisse, cadrée depuis le rivage et, toute petite, la silhouette d'un homme qui s'approchait en courant. C'était Iacopo, nu, qui arrivait jusque devant la caméra pour remercier le public, lui aussi avec une courbette élégante.

« … Et là, en revanche, elle va rire », dit Mila en reniflant.

Maintenant, Iacopo voulait lui montrer le film où Albina entrait dans son rêve pour lui demander de l'emmener. Il chercha la bobine, la trouva et fit partir les images.

Mila recommença à sangloter : « … Elle a besoin d'amour, Iacopo. Fais-la revenir avec toi », dit-elle avec un filet de voix, tandis que sur l'écran apparaissait le mot *Fin*.

Iacopo enleva la bobine de l'axe du projecteur et y installa celle de son second film. Même Mila ignorait qu'il existait car il l'avait tourné chez lui, le matin après le voyage à la plage, pour répondre de la même manière à la demande d'Albina. Il s'était réveillé à l'aube, en proie à une grande agitation à l'idée du risque qu'il allait courir. Il avait allumé la caméra et était allé vers la chambre d'Albina, veillant bien à éviter les craquements du plancher. Elle avait le sommeil lourd, mais il s'était préparé à toute éventualité : si elle s'était réveillée, il aurait continué à la filmer sans répondre à ses questions, puis aussitôt, sans attendre davantage, il lui aurait tout dit.

Il avait poussé la porte et, la voyant endormie, il s'était approché lentement, essayant de regarder en même temps dans le viseur et sur le sol, pour ne pas heurter les objets. Il s'était arrêté à côté du lit, se courbant pour filmer de plus en plus près, la tête inclinée sur le côté, les yeux fermés, le front, puis il s'était éloigné de nouveau, marchant à reculons, comme elle l'avait fait dans son film.

C'était fait. Il avait refermé la porte en continuant à filmer, avait arrêté la caméra et poussé un soupir de soulagement.

Puis il avait pris le chevalet pour aller sur la digue. Là, il s'était couché sur la montée pour filmer son visage en premier plan, appuyé sur l'herbe, et il lui avait parlé très lentement, changeant chaque fois le cadrage et répétant lui aussi la même phrase, pour qu'Albina comprenne ce qu'il lui demandait :

« Est-ce que je te trouverai encore ? »

Quand il eut fini de projeter le film, Iacopo ouvrit la lucarne et regarda Mila, qui avait les yeux gonflés de larmes :

« Pourquoi pleures-tu encore ? »

Elle répondit difficilement :

« … Elle t'a demandé de l'emmener, elle ne peut pas avoir cessé d'attendre. Tu la retrouveras, Iacopo, et elle viendra avec toi. »

Ils revinrent en voiture jusqu'à la gare de Mantoue, pour prendre le dernier train du soir pour Ferrare. Il avait décidé d'accompagner Mila jusque sur le quai, même si c'était risqué car il aurait pu rencontrer une personne connue, mais il ne résista pas à la tentation de la voir saluer par la fenêtre du train.

Ce soir-là, Iacopo pensa à sa mère.

Il n'avait pas encore trouvé la force d'aller chercher les lettres jamais envoyées, cachées dans l'armoire. Il les emporterait avec le cahier noir, quand le moment serait venu, mais maintenant il n'avait vraiment pas envie de les lire, parce qu'il craignait d'ouvrir un autre gouffre en lui. Ces derniers jours il l'avait imaginée bien souvent, sa mère encore jeune, assise sur le bord de son lit, vêtue d'un petit corset rose, le visage penché vers une des lettres, ouverte sur ses genoux. Il aimait penser aussi qu'elle avait devant elle, à côté de son fauteuil, deux valises prêtes pour fuir en Calabre, avec lui.

Dans l'armoire, au milieu des enveloppes, il y avait certainement une feuille jaunie de son vrai père, et Iacopo l'imaginait souriant, lui ressemblant beaucoup. Qui sait où ils l'avaient conçu. Et quels mots magiques il avait pu susurrer aux oreilles de son Eleanora, pour transformer un instant de faiblesse en l'amour d'une vie entière. C'était peut-être simplement ceux qu'elle avait attendus d'Ippolito, depuis le premier jour, mais qu'il avait choisi de donner à des dizaines d'autres femmes, en les payant pour qu'elles l'écoutent.

C'est vraiment tout raté, songea-t-il.

Le lendemain soir, en rentrant chez lui, Iacopo avait les mains moites et le souffle court sous l'effet de l'émotion.

Tôt le matin, il avait laissé le premier film dans la salle de bain de son épouse, certain qu'elle le trouverait dès son réveil. Il avait passé toute la journée à la banque pour des signatures de prêts, mais il avait été constamment distrait, parce qu'il imaginait le visage d'Albina, encore décoiffée, sans maquillage, tandis qu'elle prenait en main cette bobine d'aluminium, avec une petite étiquette blanche, sur laquelle était écrit *La vague*.

Pourtant, maintenant qu'il rentrait chez lui, il était inquiet. Il se rappelait bien la tempête qui avait éclaté en lui, après avoir vu les films d'Albina au grenier : il s'était brusquement trouvé devant une femme différente, qui avait choisi de lui parler d'elle avec des images en noir et blanc, parce qu'elle savait que même la plus douce des paroles se serait heurtée au mur qu'ils avaient dressé entre eux. Il avait pleuré et ri, en les regardant, mais il était parvenu à la comprendre parce qu'il était déjà un autre.

Mais elle ?

Il était réellement inquiet. Il s'était promis de ne rien dire, de toute façon, de laisser à Albina le choix de ce qu'elle voudrait faire et de ce qu'elle voudrait lui dire.

Il gara la voiture, passa dans son bureau, alla se laver les mains et se dirigea vers la salle à manger le cœur battant la chamade.

Elle était déjà assise à table, raide, dans une de ses éternelles robes noires, les avant-bras posés sur le bord de la table en signe d'attente.

« Me voici, chérie, ce soir je suis ponctuel », parvint-il à dire d'une voix presque normale.

« Bien, répondit-elle.

— Qu'y a-t-il de bon pour dîner ? demanda-t-il, en posant sa serviette sur ses genoux.

— Un potage de pâtes. Puis, au choix : du pot-au-feu ou le rôti d'hier.

— Un peu de pot-au-feu, merci. »

Albina se leva, alla dans la cuisine, revint avec la soupière et remplit leurs deux assiettes avec la louche. Elle s'assit et dit : « Bon appétit.

— Bon appétit », répondit Iacopo, et ils ne s'adressèrent plus la parole de tout le dîner, comme d'habitude. Elle interrompit seulement le silence pour lui dire que d'autres lettres de condoléances étaient arrivées de province, ainsi que la facture de l'enterrement d'Ippolito.

Puis, en un instant seulement, tout changea.

Elle s'était levée pour débarrasser et quand il lui avait tendu son assiette, les doigts d'Albina avaient effleuré ceux de Iacopo, s'attardant un instant de plus, imperceptible, mais pourtant susceptible de changer une vie.

Ils ne dirent plus rien jusqu'au moment de se coucher, totalement bouleversés.

Dans son lit, avant de s'endormir, Iacopo regarda longuement le plafond, repensant à la douceur de la caresse furtive par laquelle elle lui avait fait comprendre qu'elle avait vu le film de la plage.

Tout était prêt désormais, si seulement, après avoir vu aussi le deuxième film, Albina répondait qu'il était encore temps de la retrouver.

Au réveil il laissa la seconde bobine sur le lavabo également avant de sortir pour aller en ville.

En fin d'après-midi, après une ennuyeuse série de signatures au Piccolo Credito, il se rendit chez un collègue pour lui laisser le testament d'Ippolito, ainsi qu'une autre enveloppe scellée contenant la liste de Vincente, avec les cinquante-deux adresses mises à jour et les prénoms des héritiers des enfants morts, Mila comprise. Il convint avec lui que le testament ne serait pas ouvert avant trente jours : « Parce que ce sera une succession un peu délicate, tu verras », avait-il dit à son collègue, s'attirant pour toute réponse un petit rire, à ce qui semblait être la plaisanterie d'un fils unique.

Le soir, il était allé au dîner de départ du notaire Succi, le plus âgé de l'ordre, qui prenait sa retraite après cinquante ans d'exercice de la profession. Tous parlaient entre eux de travail et de politique mais il perdait le fil du discours car il avait déjà la tête là-bas, chez lui, cherchant partout une trace de la réponse d'Albina.

Quand il entra dans le jardin avec sa voiture, il vit que les fenêtres étaient éteintes, signe qu'elle ne l'avait pas attendu. Il ouvrit bruyamment la porte d'entrée, car il espérait que la lumière de sa chambre s'allumerait, mais tout resta silencieux. Il passa dans la salle à manger, la cuisine, puis dans son bureau et, enfin, résigné, il entra dans sa chambre. Peut-être, songea-t-il, lui répondrait-elle le matin suivant, au petit déjeuner.

Il se déshabilla lentement, passa le pyjama que Corinna avait posé, soigneusement plié, sous son oreiller et se dirigea vers sa salle de bain. Il alluma la lumière, appuya la tête contre le mur au-dessus des toilettes, pour pisser dans la position où il se mettait toujours le soir, quand il avait le temps.

Puis il ouvrit l'eau du robinet et leva les yeux vers son visage las, réfléchi dans le miroir.

Il sentit un coup dans la poitrine.

Sur le mur derrière lui, des mots étaient écrits en grand, au rouge à lèvres.

Il se retourna et parvint à les lire :

Tu me retrouveras

Il dut s'appuyer au carrelage blanc pour ne pas tomber sous le coup de l'émotion et il lui sembla revoir Albina pleurer comme lui, là-haut, dans l'obscurité du grenier, tandis que, par-delà ses larmes, dans le carré de lumière sur le mur, il voyait les lèvres d'un homme nouveau qui lui parlaient avec douceur.

Il regarda à nouveau le miroir et vit, devant les lettres

rouges, son visage plein de bonheur : elle lui avait donc répondu qu'ils pouvaient fuir ensemble et tout recommencer.

La nuit, Iacopo se tourna dans son lit sans parvenir à dormir, dans un océan de sensations nouvelles. Il était décidé maintenant, mais tout était si difficile et il craignait de se tromper : avant de se coucher, il avait écrit à sa femme une longue lettre d'instructions sur ce qui devait se passer le dimanche suivant.

Le lendemain, dès son réveil, il laissa la lettre sur le lavabo et descendit téléphoner à Mila, pour lui dire que tout était confirmé et de faire comme convenu. En cas de problème inattendu elle appellerait le numéro du bureau sous un faux nom.

Il ne manquait plus que quelques jours, songea-t-il en posant l'écouteur, mais cela lui semblait encore fichtrement long.

À 7 heures et demie, le soir du 15 juin, Iacopo était déjà depuis un moment sur la digue, derrière la maison, caché avec les deux bicyclettes dans les grands buissons où il s'était réfugié mille fois avec ses rêves quand il était enfant.

Il continuait à regarder sa montre, de plus en plus agité parce qu'Albina tardait. Il était certain qu'elle arriverait, même si elle n'avait pas répondu à sa lettre d'instructions, de même qu'ils n'avaient pas parlé, les jours précédents, de ce qui allait se passer. Sans se concerter, ils s'étaient comportés comme si rien n'était changé dans leur vie de toujours, peut-être pour mieux en savourer la fin.

Puis il la vit, habillée de clair et les cheveux dénoués, qui montait vers le haut de la digue. Elle semblait redevenue une enfant, avec ce sac en bandoulière et des chaussures basses.

« Je suis là, Albina », dit-il en tendant la main. Elle la saisit, se laissa tirer vers le sommet et pénétra dans les buissons.

« Couche-toi à côté de moi. De là, on voit très bien », ajouta Iacopo. Puis il vérifia encore sa montre, le regard fixé sur la route départementale où allait bientôt apparaître le camion avec Mila et les hommes du quartier qui l'avaient aidée.

Au loin, dans le soleil couchant, la campagne semblait peinte en rose. Elle se perdait plate et tranquille vers l'infini, coupée en une infinité de tranches de tonalités diverses. Caressée par cette lumière, la maison elle-même cessait d'être sombre et étouffante comme elle l'était de l'intérieur.

« Est-ce que quelqu'un t'a vue ? » lui demanda-t-il.

Albina répondit en secouant la tête. On voyait qu'elle était étourdie, perdue dans toutes ces émotions violentes.

« Les voilà », dit Iacopo en montrant le nuage de poussière que le camion avait soulevé en entrant dans l'allée du jardin. Ils ne pouvaient pas comprendre combien en étaient descendus ni ce qu'ils faisaient, parce qu'ils s'étaient arrêtés devant l'entrée, invisible depuis là. Il fallut près d'une demi-heure avant que le camion ne reparte et alors, Iacopo, tremblant, murmura à Albina : « On y est presque. Baisse-toi, plus que quelques secondes... »

Il lui prit la main, froide et moite comme la sienne, et il lui sembla que les battements de leurs cœurs rivalisaient, affolés.

Soudain, le silence de la plaine déserte fut rompu par le bruit violent et assourdissant d'une explosion.

Avec un sursaut, Albina pressa ses doigts sur ceux de Iacopo.

La maison de leur vie n'était plus qu'un énorme

champignon de flammes et de fumée qui montait toujours plus haut dans l'azur intense du ciel.

Ils fermèrent les yeux et les rouvrirent une, deux, trois fois pour revoir cet instant magique où tout était éventré et détruit par la force terrible de la dynamite.

Puis ce fut à nouveau le silence.

La colonne de fumée noire et les flammes continuèrent à s'élever, hautes, silencieuses, dévorant chaque chose.

Iacopo et Albina ouvrirent les yeux et virent tous les objets de leur vie qui se dispersaient dans le ciel. Ils les imaginèrent un par un, bougeant au ralenti, comme dans la séquence d'un film. Ils volaient, légers, accompagnés par une musique féerique : les papiers du bureau, des lambeaux de vêtements, une chaise du séjour, la tête du lit d'Ippolito, une photo de famille, les tasses à thé de l'après-midi et quantité d'autres fragments de leur passé.

Iacopo dit :

« Maintenant partons, avant qu'on ne nous voie. »

Ils relevèrent leurs bicyclettes et s'engagèrent sur le chemin de terre de la digue, vers le pont de barques où le camion était allé les attendre, avec Mila et les quelques objets qu'ils avaient laissés dans l'entrée, pour qu'ils les chargent avant l'explosion.

Iacopo était satisfait : tout avait marché selon leurs plans. Quelques jours auparavant il avait acheté dix bouteilles de gaz. Il avait dit au revendeur qui lui expliquait qu'il pouvait être dangereux d'en garder trop en même temps qu'il était las d'en acheter une par mois. Puis il avait donné deux jours de congé à Corinna, et Mila s'était chargée du reste, avec les voleurs du quartier.

« Aucun problème », avait-on répondu à ses demandes, des faux passeports à l'explosif jusqu'aux deux cadavres qu'il faudrait mettre dans la maison, pour que, tous, en trouvant les restes des corps dans la salle à manger, pleurent la disparition prématurée des époux Dalla Libera.

« Nous les assiérons à table ! » avait dit Mila en riant, quand elle était venue tout vérifier.

Maintenant, il allait la présenter à sa femme. Il avait vraiment envie de la lui faire connaître. Il se retourna pour regarder Albina et la vit sourire, sur sa bicyclette à côté de lui, ses cheveux enfin dénoués, soulevés par le vent qui suivait le sens du fleuve, tandis qu'elle pédalait à contre-courant, heureuse.

Iacopo ne savait pas encore dans quel endroit du monde ils iraient commencer leur seconde vie. Il ne connaissait même pas les noms qu'ils porteraient à partir de ce soir, mais il se sentait léger sur la selle et il aimait infiniment cet air pur qui caressait leurs sourires.

Ils roulèrent pendant quelques kilomètres sur le chemin de terre, se retournant de temps en temps pour voir la colonne de fumée noire qui s'éloignait de plus en plus derrière eux, se fondant désormais dans le ciel sombre.

Il faisait presque nuit quand ils virent au loin les lumières rouges du camion, immobile sur la digue, un peu avant le pont.

Ils rejoignirent les deux hommes qui les attendaient,

une cigarette aux lèvres, et Iacopo dit, en posant le pied à terre :

« Nous voilà. Où est Mila ? »

Celui des deux qui semblait le chef jeta son mégot, l'écrasa avec sa chaussure et sortit une enveloppe de sa veste :

« Elle m'a donné ça. »

Iacopo appuya sa bicyclette par terre, ouvrit la lettre et lut les mots écrits sur un petit feuillet.

Bonne vie, Ermano. Si un jour tu veux me voir, tu me trouveras.

Il resta quelques minutes à regarder dans le vide, vers la campagne infinie. C'était exactement les mêmes mots que ceux que sa femme avait employés.

Puis il se retourna et demanda aux hommes quel itinéraire ils emprunteraient pour les emmener prendre le bateau, avant de les suivre dans la cabine de pilotage, pour vérifier avec eux l'enveloppe avec les faux passeports.

Quand il redescendit, il se trouva face à Albina, qui l'attendait dans l'obscurité.

« … Iacopo », murmura-t-elle.

Elle avait le visage d'une enfant et regardait en bas, vers les cailloux invisibles dans lesquels elle tapait avec ses pieds.

« … Je ne pars pas avec toi. »

Il sentit comme un tourbillon en lui, ferma les yeux et revit la maison qui explosait, son père mort dans son lit, le cimetière des putains, et les visages sévères de ses cinquante-deux frères et sœurs.

« Moi aussi j'ai toujours vécu une vie qui n'était pas la mienne, continua-t-elle en lui prenant la main avec douceur, et je n'aurais jamais trouvé la force d'en sortir sans ton aide. »

Elle appuya les doigts de son mari sur son visage pour qu'il le caresse pour la première fois.

« Toi seul pouvais m'emmener, Iacopo. Mais maintenant que nous sommes libres, je vais aller vivre seule. »

Une très longue péniche glissait silencieusement sur le courant du fleuve. En haut de la montagne de gravier qu'elle transportait, un petit chien avec de grandes oreilles aboyait dans leur direction, et il s'attarda à le regarder dans l'obscurité, parce qu'il voulait entendre à nouveau les mots de sa femme qui résonnaient dans sa tête.

« Irene est venue me chercher », ajouta Albina.

Iacopo regarda ses yeux et vit qu'ils souriaient de légèreté, tandis qu'ils désignaient l'automobile avec les phares allumés, au milieu du pont de barques.

Pauvre idiot, songea-t-il amusé de lui-même. Il croyait avoir découvert ses secrets, mais en fait, il n'avait rien compris.

Maintenant il imaginait Irene, l'amie de toujours, là-bas, dans la voiture, les mains serrant nerveusement le volant, tandis qu'elle regardait dans le rétroviseur. Il lui sembla voir Albina ouvrir la portière et s'asseoir à côté d'elle : elles se regarderaient dans les yeux avec un air complice, et Irene lui demanderait : « … Tu es sûre ? »

en désignant la route avec un sourire. Albina lui répondrait : « Oui, allez… »

Quand il était encore aveugle, il n'aurait vraiment rien compris. Mais maintenant qu'il avait connu la folie de la vie, il voyait toute la beauté du désordre absolu dans lequel ils étaient.

Il passa une main dans les cheveux dénoués de sa femme, effleurant à peine sa nuque pour s'approcher d'elle.

« Va, Albina, nous avons encore le temps de tout recommencer ailleurs », lui murmura-t-il, en couvrant de baisers son front et ses joues, tandis que leurs larmes se mêlaient.

Puis elle se retourna et partit en courant vers la voiture, dans cette robe claire qu'il ne lui avait jamais vue, heureuse et libre comme le chardonneret de Mila. C'était si joyeux que Iacopo aurait voulu rompre le silence éternel du fleuve, en hurlant « Albina ! » pour qu'elle se retourne et pouvoir crier encore plus fort :

« Maintenant, notre histoire aussi est une très belle histoire d'amour ! »

Composition : IGS-CP à L'Isle-d'Espagnac (16)
Achevé d'imprimer en juillet 2017
par Normandie Roto Impression s.a.s.
61250 Lonrai
Dépôt légal : juillet 2017
Premier dépôt légal : avril 2017
Numéro d'imprimeur : 1703161

ISBN : 978-2-07-017818-6 / Imprimé en France

326390